Aristides Fraga Lima

PERIGOS NO MAR

Série Vaga-Lume

editora ática

Este livro apresenta o mesmo texto das edições anteriores

Perigos no mar
© Aristides Fraga Lima, 1985

Editor	Fernando Paixão
Assistente editorial	Marta de Mello e Souza
Coordenadora de revisão	Ivany Picasso Batista
Revisora	Cátia de Almeida

ARTE
Editor	Antônio do Amaral Rocha
Layout de capa	Ary de Almeida Normanha
Ilustrações de capa e miolo	Adelfo Suzuki
Diagramação	Elaine Regina de Oliveira
Arte-final	René Etiene Ardanuy

CIP-BRASIL. CATALOGAÇÃO NA FONTE
SINDICATO NACIONAL DOS EDITORES DE LIVROS, RJ

L696p
6.ed.

Lima, Aristides Fraga, 1923-
 Perigos no mar / Aristides Fraga Lima; ilustrações Adelfo Suzuki
- 6.ed. - São Paulo : Ática, 1997.
 112p. : il. - (Vaga-Lume)

 Contém suplemento de leitura
 ISBN 978-85-08-00479-9

 1. Novela infantojuvenil brasileira. I. Suzuki, Adelfo. II. Título.
III. Série.

 10-5226. CDD: 028.5
 CDU: 087.5

ISBN 978 85 08 00479-9 (aluno)

CL: 733166
CAE: 230536

2025
6ª edição
25ª impressão
Impressão e acabamento: Forma Certa Gráfica Digital
Código da OP: 280244

Todos os direitos reservados pela Editora Ática S.A.
Avenida das Nações Unidas, 7221
Pinheiros – São Paulo – SP – CEP 05425-902
Atendimento ao cliente: (0xx11) 4003-3061 – atendimento@aticascipione.com.br
www.aticascipione.com.br

IMPORTANTE: Ao comprar um livro, você remunera e reconhece o trabalho do autor e o de muitos outros profissionais envolvidos na produção editorial e na comercialização das obras: editores, revisores, diagramadores, ilustradores, gráficos, divulgadores, distribuidores, livreiros, entre outros. Ajude-nos a combater a cópia ilegal! Ela gera desemprego, prejudica a difusão da cultura e encarece os livros que você compra.

EDITORA AFILIADA

O MAR: MARAVILHAS E PERIGOS

Quem é que não gosta de um bom passeio de barco pelo mar? Além das espetaculares histórias dos velhos marinheiros, sempre há uma cena fascinante para nos encantar. Já pensou, por exemplo, ver uma baleia de perto e ainda por cima amamentando um filhote? Ou presenciar uma pescaria de rede, em que se capturam peixes e as mais variadas criaturas marítimas?

Para Márcio, Lino e Bete, aquele dia começou assim, com um tranquilo passeio pelo litoral baiano na escuna da família. Mas as coisas não continuariam tão calmas. Colhidos por uma repentina tempestade, os meninos acabam sozinhos e completamente perdidos num bote salva-vidas...

Acompanhe esta aventura emocionante em que três garotos vão precisar de toda a sua coragem para enfrentar os perigos do mar.

CONHECENDO

Aristides Fraga Lima

"**U**m dia vou ser escritor". Esta frase foi dita por Aristides Fraga Lima a seus pais, quando o menino tinha cinco anos. O sonho se tornou realidade. Nascido em Paripiranga (BA), em 1923, Aristides passou a infância no interior da Bahia e Sergipe, em contato com a natureza, que o fascinava. Formado em Letras Neolatinas e em Ciências Jurídicas Sociais, foi professor de línguas. Outro livro publicado por ele também na Série Vaga-Lume é **Os pequenos jangadeiros**. Faleceu em 1996.

ÍNDICE

1 — A escuna e o Netuno 7
2 — Um passeio que se transforma 10
3 — A pescaria 17
4 — A tempestade 26
5 — A montanha de água 30
6 — A correnteza 34
7 — A tábua de salvação 37
8 — No mar 43
9 — A chuva 50
10 — Um dia de descanso 56
11 — Velejando para o norte 61
12 — Areia movediça 67
13 — Junto ao mangue 73
14 — Provisão 77
15 — Voltando ao mar 81
16 — Do alto do morro 84
17 — Sinal 87
18 — O clarão 91
19 — Prisioneiros 93
20 — Encontro com a civilização 100
21 — Em casa do Prefeito 105
22 — Epílogo 109

A meus filhos, minha maior riqueza:
Marta,
José Marcos,
Maria Tereza,
Aristides e
Mônica.

1
A escuna e o Netuno

— Estou preocupada, Marcelino. Eles não chegaram até agora...

— Não há motivo, Rosinha. Eles levaram o que comer na excursão?

— Levaram, sim: sanduíches e refrigerantes.

— E então? Não devemos preocupar-nos; eles estão passeando à vontade.

Deste modo encerrou-se o diálogo entre os dois. Eram os pais de Márcio, Lino e Bete, que tinham saído em um pequeno barco — escaler de escuna — a passeio pela Baía de Todos-os-Santos. O homem pegou o jornal e dispôs-se a lê-lo; a mulher dirigiu-se para o interior da casa e foi cuidar de seus afazeres.

O Sr. Marcelino apanhou uma cadeira e colocou-a na calçada, em frente à casa, sob a sombra acolhedora de um enorme pé de oiti. Dali, lendo o seu jornal, ele observaria atentamente o mar e veria com facilidade a chegada do escaler.

Não demorou muito e ele se levantou para confirmar o que supunha. E da janela gritou para dentro:

— Rosinha! Eles já vêm chegando!...

— Graças a Deus! — respondeu a esposa, correndo do interior da casa até a porta.

Sorriram ambos, satisfeitos. E, abraçados, dirigiram-se até a praia para receber os filhos.

O bote chegou a encostar na escuna. Dentro dele pulou o marinheiro Bruno, que os acompanhou, para levar de volta o escaler para a escuna.

Saltaram os três meninos na água rasa e correram a abraçar os pais, a alegria estampada nos rostinhos juvenis.

— Márcio — falou a mãe ao filho mais velho —, vocês demoraram demais... que foi isto?

— Ora, Mamãe — respondeu Bete, abraçada ao pai. — Nós fomos até Itaparica, não pudemos vir mais cedo...

Os sorrisos e beijos trocados entre pais e filhos puseram fim às apreensões, e todos se dirigiram para casa.

Voltando a vista para o mar tranquilo do Porto dos Tainheiros, como é chamada aquela praia, o Sr. Marcelino viu que Bruno já acabava de içar o escaler para o seu lugar, a bombordo da escuna.

Entraram em casa.

O Sr. Marcelino era engenheiro aposentado. Trabalhara a vida toda em uma grande empresa e, por causa desse emprego sólido, conseguira somar dinheiro para comprar a escuna, sonho acalentado durante anos. A embarcação era o divertimento da família.

Nas horas vagas, além de navegar, o engenheiro tinha o hábito de ler. Dedicava-se a leituras variadas; era um homem bem-informado. Por esta razão, o Sr. Marcelino era chamado de Professor.

Márcio, o filho mais velho, de dezesseis anos, cursava o segundo ano colegial; Lino, como era chamado o segundo filho, de treze anos, Marcelino Filho, cursava a oitava série; Bete (Elisabeth), a caçula, estava na sexta série. Com seus onze anos de idade, Bete era a mais viva dos três; corajosa, tinha a cabecinha cheia de ideias e ávida de aventuras. Dona Rosa, mãe coruja, trabalhava na secretaria de um colégio.

Equipada com todo o necessário para passar dias no mar, a escuna era para eles um segundo lar, uma verdadeira casa flutuante: sala, três quartos, cozinha, banheiro e uma despensa com frigorífico. Um motor possante, de centro, a óleo diesel, equipado com gerador, punha a embarcação em movimento e dava-lhe a luz elétrica para a noite. Caso falhasse o motor, a escuna dispunha de velas que lhe asseguravam a continuação da viagem, sem a menor preocupação.

Na parte superior, um convés, entre os dois mastros, era a grande sala de estar para jogos, conversas e diversões. Aos lados do convés, a estibordo e a bombordo, dois escaleres, os salva-vidas, suspensos de seus suportes. Do bico da proa à curva da popa media a escuna vinte e cinco metros. Faziam parte, ainda, do equipamento, um rádio e uma bússola.

Aos sábados e domingos, os meninos passavam praticamente o dia todo na escuna ou no escaler de bombordo, que consideravam propriedade sua. Era para eles o seu navio, a que puseram o nome de Netuno, escrevendo este nome por fora do escaler, junto à proa.

Netuno era uma miniatura da escuna, equipado também com tudo de que pudessem seus tripulantes necessitar em passeio de um dia: água potável, comida, duas panelas de alumínio, fósforos, sal, anzóis, faca, facão e até uma bússola portátil. Acostumaram-se de tal modo a viver e brincar no Netuno, que, mesmo em viagem, eles permaneciam mais tempo no escaler que nas dependências da escuna.

Já conheciam todas as cidades e lugarejos ribeirinhos da Baía de Todos-os-Santos: Itaparica, Mar-Grande, ilha dos Frades, ilha dos Gatos, Cações, Ponta de Areia, Ponta de Nossa Senhora . . . Todos são lugares onde eles já aportaram seu Netuno, fazendo muitas vezes algum piquenique ou tomando banho de mar.

Faziam parte, ainda, do equipamento do Netuno, três boias de câmaras de ar de automóvel, que serviriam de salva-vidas, em caso de perigo, e frequentemente eram utilizadas nos banhos de mar.

Um pequeno mastro dianteiro, munido de pequena vela, e dois remos eram os "motores" do Netuno. Uma lona impermeável cobria tudo e servia de abrigo aos tripulantes, defendendo-os da chuva ou dos ardores do sol.

É quase incrível que os meninos pudessem acomodar tudo isso dentro daquele pequeno barco e ainda sobrasse espaço para os três se deitarem e dormirem. Mas assim era. E eles nada perdiam, pois cada coisa tinha o seu lugar, onde era amarrada para não cair no mar e desaparecer.

O gosto pela aventura no mar, que herdaram do pai, aliado às lições de marinhagem, que aprenderam dele, do marinheiro Bruno e dos pescadores, atraía os três irmãos aos perigos do mar que eles enfrentavam com naturalidade e destemor admirável em tão pouca idade. Márcio podia gabar-se de ser já um marinheiro, afeito às dificuldades e riscos da arte de navegar; Lino era um aprendiz bem adiantado; e Bete era de um sangue-frio que causava admiração aos próprios irmãos. Deste modo, os três se entendiam bem.

2
Um passeio que se transforma

Era uma quinta-feira. Os irmãos Prado, como eram conhecidos no colégio, Márcio, Lino e Bete, haviam convidado colegas em número de vinte a vinte e cinco, para no sábado darem um passeio na escuna do pai.

Aceito o convite com o maior entusiasmo, combinado tudo com os pais, todos aguardavam ansiosos o dia da excursão. O tempo, porém, se encarregou de mudar tudo. Na sexta-feira à tarde o céu começou a ficar nublado, o que, aliás, em Salvador, por "mera" coincidência com o fim de semana, é fenômeno frequente. À noite já choveu, prometendo um sábado de chuva. E foi o que aconteceu.

— Em vez do passeio com os colegas de vocês, que certamente não virão cá, vamos fazer uma pescaria, nós? — perguntou o pai aos filhos.

— Vamos, pai! — respondeu Bete, entusiasmada com a ideia.

— Não será perigoso? — objetou a mãe. — Assim num dia de chuva...

— Não iremos longe, Rosinha — respondeu o pai. — É só para não perdermos os preparativos que já fizemos. Os meninos estão dispostos... Você pode ficar, se quiser. Sua mãe está aí... não convém você sair. Não se preocupe, que nós nos arranjaremos.

— Está bem, eu fico. E vocês, divirtam-se.

Eram já oito horas, e os convidados dos meninos, seus colegas de escola, não tinham chegado — sinal de que realmente haviam desistido do passeio porque chovia. Resolveram, portanto, ir à pescaria.

Avisados os pescadores e o cozinheiro, todos se encontraram na praia do Porto dos Tainheiros, donde o marinheiro Bruno os levou para a escuna, em duas viagens, no escaler de estibordo, pois o outro, o Netuno, estava cheio de coisas, inclusive comida e água, que os meninos lá puseram.

— Está tudo em ordem, Bruno? — perguntou o Sr. Marcelino.

— Tudo, patrão; no meu setor, tudo pronto.

— E da parte de vocês? — perguntou aos pescadores.

— Tá tudo preparado — respondeu um deles.

— Isca e anzóis? — quis saber, ainda, o Professor.

— Camarões em quantidade — respondeu o outro pescador.

— Quanto à despensa e à cozinha, eu próprio já verifiquei com o Gama — concluiu o Sr. Marcelino. E, voltando-se para o marinheiro, ordenou:

— Bruno, vamos embora.

O marinheiro virou o potente motor a diesel e começou a esquentá-lo. Em instantes levantou a âncora e pôs o barco em movimento através da Baía de Todos-os-Santos.

O vento começou a soprar; o Sol apareceu forte e brilhante; as nuvens no céu começaram a ser levadas pelo vento por cima da ilha de Itaparica, e se desfez o aspecto de dia chuvoso que a atmosfera aparentava.

Sentados no convés, Márcio e Lino conversavam com os dois pescadores.

Na cabine de comando, o Sr. Marcelino e Bruno palestravam; Bete, interessada mais na manobra do barco que na conversa que ouvia, não desviava os olhos das mãos do marinheiro senão para ver, no mar, como o barco obedecia ao comando de Bruno. A certa altura, afastou as mãos do timoneiro e segurou firme o timão, guiando a escuna com tranquilidade.

— Pode deixar, Bruno — disse o pai. — Ela é assim mesmo. Acompanhe com atenção os movimentos que ela faz e deixe-a dirigir o barco ...

— Eu sei guiar a escuna, meu pai. Pode deixar comigo, Bruno.

Após cerca de meia hora saíram da Baía e entraram no oceano.

— Podemos avançar um pouco mar adentro, Bruno — disse o Sr. Marcelino. — O dia está bonito, vamos pescar em pleno oceano, sem perigo algum.

Cansada já de estar de pé dirigindo a escuna, Bete passou o timão ao marinheiro e foi para onde estavam os irmãos, que continuavam a conversar com os dois pescadores. Era a primeira vez que ela participava de uma pescaria; por isso, tudo para ela era novidade, inclusive a presença daqueles dois

O vento começou a soprar e o Sol apareceu forte e brilhante por cima da ilha de Itaparica.

homens estranhos que ela não sabia ainda por que eles ali estavam.

— Quem são vocês? — perguntou, sem rodeios nem cerimônia, sentando-se com os irmãos.

— Nós somos pescadores — respondeu um deles. — Meu nome é André; este aí se chama Pirata... Os dois pescadores gargalharam. Os meninos também sorriram. Bete ficou séria e perguntou:

— Pirata? Por que este nome? Nunca vi ninguém chamado Pirata...

— Assim me chamam porque eu tenho uma perna de pau... você ainda não viu?

Bete, que já vira há muito tempo aquela perna de pau, fingiu um pouco:

— Estou vendo, sim. Você nasceu sem uma perna, foi?

— Não, mocinha; eu lhes conto como foi.

Todos ficaram atentos, interessados em ouvir a narração da história do perna de pau, o Pirata.

— Antigamente — começou ele — havia no Porto dos Tainheiros uma companhia pesqueira com diversos barcos e muitos pescadores. Pescavam toneladas de peixe de toda qualidade e tamanho; metiam no frigorífico e vendiam aos revendedores do mercado. Um dos pescadores era meu conhecido (dizendo isto, piscou o olho para o outro pescador); chamava-se Leandro...

Um dia a frota de barcos foi pescar em alto-mar. Cada barco pegou uma porção de peixes que gelavam nos frigoríficos. No terceiro dia de pescaria resolveram voltar. O barco em que trabalhava Leandro era o que estava mais longe, muito além dos outros.

Quando a sirene tocou reunir-para-voltar, o barco de Leandro tinha pegado um cação — um tubarão de mais de quatro metros de tamanho. O bicho pulava no anzol que parecia o diabo amarrado pela língua. Leandro desceu numa gaiola de ferro e foi brincar com o bicho dentro da água. O tubarão investia contra a gaiola a ponto de dobrar os vergalhões com as batidas que dava com o focinho. Numa dessas investidas o pescador escorregou no lastro da gaiola e a perna saiu pela grade. Quando ele tentou puxar, não tinha mais o que puxar... já estava sem a perna.

— Desse dia em diante — concluiu André a história que o outro contava — aquele pescador deixou de se chamar Leandro; passou a ser chamado de Pirata.

Pirata olhou para André e apenas acrescentou:

— Sou eu...

— Oh! Homem! Que história triste! — exclamou Bete, pegando na perna de pau do Pirata.

— Pirata da Perna de Pau é como me chamaram quando botei a perna. Depois encurtaram o nome, e todos me chamam Pirata.

— E você não se incomoda com esse apelido? — perguntou Bete.

— Não me aborreço, não; podem me chamar de Pirata vocês, também, mocinha.

A escuna avançava oceano adentro, com a proa de bico contra as ondas, cortando-as com tranquilidade.

— Olhem a terra como já está distante, meninos — disse Pirata.

Todos olharam. Realmente, a terra estava reduzida a uma fita estreita com ligeiras ondulações na fímbria do horizonte.

— Agora olhem o mar — disse André. — Estão notando alguma diferença?

— Sim — respondeu Lino. — É azul; antes era verde...

— É mesmo... — concordou Bete, raciocinando. — E por que isto? — perguntou.

— Nos lugares rasos, perto da praia — explicou Pirata — o mar é verde. Nas grandes profundidades, ele é azul. Aqui embaixo deve ser um abismo...

O Sr. Marcelino deixou a cabine de comando e veio juntar-se ao grupo formado pelos filhos com os pescadores.

— Será bom pararmos aqui? Que acham vocês? — perguntou.

— Se o senhor quiser, patrão, aqui tem peixe de encardir.

— Olha! Que é aquilo? — perguntou o Professor, fixando o olhar para o lado esquerdo.

Todos se levantaram de um pulo e observaram. Nisto perceberam que o motor da escuna silenciou.

— É uma baleia, patrão — explicou Pirata. — Olhem, meninos! Que beleza!

— É uma baleia, patrão — explicou Pirata. — Que beleza!
— E vai acompanhada de um filhote — acrescentou André.

— E vai acompanhada de um filhote — acrescentou André.

— Oh! Uma baleinha! Que linda! — exclamou Bete.

— Bruno já viu também e parou o motor para não as espantar — acrescentou Márcio.

A escuna estava quase parada.

— A baleia grande parou, pai! — exclamou Lino.

— Vamos ver qual é a intenção dela... — disse o pai.

Nisto todos observaram abismados e viram, sem dizer palavra, uma cena a que raras pessoas tiveram a felicidade de assistir: a baleia-mãe virou um pouco de lado o seu corpanzil descomunal e o filhote começou a mamar... Até os pescadores, veteranos na vida do mar, jamais tinham visto uma cena igual à que viam então.

Ninguém dizia uma palavra; ninguém se mexia; todos aprendiam a lição da natureza.

Talvez satisfeito, o filhote largou a teta e a baleia-mãe mergulhou e desapareceu no abismo da água. O filhote ficou parado como se estivesse dormindo após a refeição.

— Pai, uma cena destas não tem comentário — disse Márcio.

— E ainda tem gente que mata as baleias, não é, pai? — perguntou Bete.

— Tem, minha filha. Felizmente, bem sabem vocês, nós não perseguimos as baleias. São animais estranhos pela grandeza de seu corpo, e devem ser preservados, porque inofensivos.

Ainda todos, encostados à amurada, admiravam a baleiazinha, quando foram despertados por um grito semelhante a um assobio grosso, fortíssimo, que parecia acordar toda a população do oceano.

Todos se voltaram para a direção donde viera o grito e viram espantados a cabeça da baleia-mãe que descia dos ares e baixava sobre a água, a uma grande distância. E logo viram o filhote despertar e nadar com rapidez naquela direção.

— Completou-se agora a lição, meus filhos — disse o Professor. E continuou a explicação: — Os peixes e outros animais aquáticos são mudos. A baleia, entretanto, cetáceo de vida semelhante à dos peixes, emite essa voz que vocês ouviram, que parece um longo gemido, fortíssimo, que se ouve a muitas milhas de distância. Ela estava chamando o filho; e ele logo obedeceu.

3
A pescaria

Passada a cena das baleias, o Sr. Marcelino deu uma ordem ao marinheiro:

— Não vire mais o motor. Lance a âncora e vamos pescar aqui mesmo. Os pescadores acham que o lugar é bom.

Bruno lançou a âncora, pensando até que ela não atingisse o fundo do mar.

— Oh! — exclamou. — Está raso aqui, Professor. Que é isso?

— Raso, pai? — perguntou Bete.

O Sr. Marcelino aproveitou a oportunidade para dar aos filhos uma lição de Oceanografia:

— O fundo do mar, meus filhos, é bem parecido com a superfície da Terra: tem elevações e depressões, planícies e vales, montanhas e fossos profundos. Quando as montanhas são muito altas, aparecem à flor da água e formam as ilhas. As ilhas, portanto, não são outra coisa senão cumes de serras oceânicas. Aqui nós estamos em cima de uma dessas elevações, mas que não aparece à tona da água: chega perto, apenas.

Bete, encostada à amurada, olhava para baixo, querendo enxergar alguma coisa submersa. O pai percebeu-lhe a curiosidade e, sorrindo e acariciando-lhe a cabecinha, disse:

— Não dá para se ver nada não, filha. São muitos metros de água. Mas se percebe que a água não é muito azul, está esverdeada, sinal de pouca profundidade, não é?

— Tem razão, pai. Não deve ser muito fundo, aqui ...

Os pescadores trouxeram para o convés os seus apetrechos e se preparavam para iniciar o trabalho da pescaria.

— Professor — falou Pirata —, eu penso que nós vamos achar aqui o que não estávamos pensando ...

— O quê, Pirata?

— Duvido que aqui embaixo não tenha polvo ...
— E arraia! — acrescentou André.
— Por que vocês pensam assim? — perguntou o Sr. Marcelino.
— Aqui tá raso e deve ter pedra: é lugar de polvo — disse Pirata.

A experiência daqueles homens, especialmente de Pirata, fez o Sr. Marcelino silenciar, aceitando suas palavras como expressão da verdade.

Lançaram na água os anzóis presos em linhas de fundo. Por último jogaram uma isca especial cuja linha se dividia em muitas pernas, cada uma delas com um anzol na ponta. Os meninos observavam tudo, e Bete não pôde dominar a curiosidade:

— Pra que esta linha com tanto anzol, Pirata? — perguntou.

— Se aqui tiver polvo, nós pega ele — respondeu o pescador.

Amarradas as linhas com laçada, nos varões das amuradas, e presas fortemente pelas pontas aos esteios, sentaram-se os pescadores e aguardaram.

Foi a vez de Lino perguntar:

— Para que laçada nas linhas?

— Quando o peixe morde a isca e puxa, a laçada se desfaz e a gente vê — respondeu André. E acrescentou: — Ele corre desenrolando a linha, mas não foge, porque a linha tá amarrada no esteio. Aí é hora de puxar a linha pra dentro do barco, trazendo o peixe.

— Ói lá! Eu não disse, Professor? Tá puxando o derradeiro anzol que eu joguei! — exclamou Pirata. — É polvo, não tenho nem dúvida.

E correu como pôde, com sua perna de pau, a segurar a linha. Sustentando-a na mão, fechou os olhos e manteve a boca semiaberta, mais atento ao tato e aos ouvidos que a outros sentidos ...

— Que é, Pirata? — perguntou Márcio.

— É polvo, Márcio. Pegue aqui e veja ...

Márcio segurou a linha e nela sentiu os movimentos que o molusco fazia, não para fugir, mas para se libertar dos anzóis.

— Vamos puxá-lo para cima? — perguntou o rapaz.

— É cedo, Márcio. Deixe ele cansar mais; quando o peixe está cansado é mais fácil puxá pra cima, pelo anzol.

Aguardaram mais uns quinze minutos, e Márcio falou:

— Acho que ele se soltou: a linha nem se mexe mais...

Pirata segurou a linha e sorriu.

— Este não vai se soltar nunca — disse. — Ele está é cansado de se bater. Vamos puxar ele.

Márcio fez questão de ajudar o pescador a suspender para a superfície da água o animal fisgado que ninguém tinha certeza, só Pirata, de que era um polvo.

O Sr. Marcelino, Bete, Lino e André e até Bruno e Gama, o cozinheiro, estavam encostados à amurada, todos com os olhos fixos na superfície líquida para ver surgir o que quer que fosse.

— Ói ele, pai! — exclamou Bete, segurando fortemente o braço do pai.

Era um polvo, realmente, e não era pequeno. Os dois olhos enormes apareceram acima da água e fitaram a embarcação e seus tripulantes. Os oito tentáculos, de quase dois metros de comprimento, ele os atirava em todas as direções, tentando apegar-se a alguma coisa fixa; mas não achava em quê. As inúmeras ventosas, de bordas esbranquiçadas, não sentiam nada sólido onde pousar.

— Vamos suspendê-lo? — convidou Márcio.

— Qual, patrãozinho! Este só de guindaste.

André já dirigia o guindaste para a posição conveniente. Passaram a linha pela canelura da roldana e amarraram-na a uma polia, cuja manivela André começou a girar. O polvo foi subindo devagar, e agora, já fora da água, jogava os tentáculos ao ar. Todos haviam se afastado da amurada e olhavam a manobra, sem perder nenhum lance do trabalho. Quando o enorme molusco chegou à altura da amurada, um dos tentáculos conseguiu apegar-se à última peça de madeira. E antes que os pescadores tivessem tempo de desprendê-lo, os outros sete tentáculos se firmaram também, e não houve força capaz de fazê-los largar.

— Como é que ele se segura, pai? — perguntou Bete, com muita curiosidade.

— Aquelas rodas que você está vendo por baixo dos tentáculos, filha — explicou o Sr. Marcelino —, são ventosas, isto é, espécies de conchas moles com que o polvo se firma em superfícies lisas. Não desgrudam de jeito nenhum...

— E como é para tirá-lo dali, pai?

— Uma das maneiras de soltá-lo é meter uma lâmina pelos bordos de cada ventosa para permitir que entre o ar...

— É o que vamos fazer, patrão — disse André.

E, munindo-se de faca e dando outra a Pirata, começaram a operação. Dentro de instantes o enorme polvo jazia no piso do convés, à vista de todos. Preso nos cinco anzóis que se lhe cravaram nos tentáculos, ficou parado quase sem movimento que denunciasse estar ainda vivo.

— Patrão — falou Gama, o cozinheiro —, é quase uma hora...

— Meus filhos, pessoal, vamos almoçar. Gama, pode cuidar.

Desceram todos à sala de refeições.

Meia hora depois voltaram ao convés. André e Pirata cuidaram de tirar os anzóis do polvo, a esta altura já inerte.

— Tem mais dois anzóis pegados! — gritou Bete. — Ói ali, Pirata!

O pescador voltou a cabeça e viu. Realmente, a menina tinha razão.

— André! — gritou para o companheiro. — Cuide daquele, que eu puxo este.

O outro atendeu, e ambos cuidaram de levantar do mar os peixes fisgados.

— O meu é pequeno, mas é valente — disse André. — Não sei que bicho é, mas dá cada açoite na linha que faz medo.

— O meu é grande; é pesado e também valente. Eu já estou pensando o que é — raciocinou Pirata.

— Eu não disse?! — confirmou André. — É valente e atrevido: um caramuru!

— Tenha cuidado! — recomendou Pirata. — Afaste os meninos, que com este bicho não se brinca!

— Não se preocupe...

— Eu também adivinhei... Virgem Nossa Senhora! É um tubarão, e não é um filhote... É grande como o diabo!

Márcio, Lino e Bete não sabiam o que mais admirar: se os volteios violentos do caramuru como uma cobra negra na

20

superfície líquida, se as manobras lentas mas raivosas do tubarão preso ao anzol, cuja linha, a dois metros do animal, era um cabo de aço resistente às mordidas do cação. Eles dividiam a atenção, correndo de um lado para o outro da escuna, vendo ora o tubarão ora o caramuru. Os peixes eram incansáveis, talvez pela ferocidade de que são dotados.

— Meninos! — falou André. — Fiquem de longe, que eu vou suspender o caramuru.

— Venham para cá! — chamou-os o pai.

E entraram sob a cobertura do convés. Daí podiam apreciar todo o trabalho.

André, não sem dificuldade, levantou da água a linha, também de terminal de aço, e o enorme caramuru apareceu nos ares com mais de dois metros de tamanho.

— Parece uma cobra, pai! — exclamou Lino.

— Parece, meu filho; e é animal perigoso. Posto no chão, no fundo de um barco, ninguém se aproxima, pois ele é capaz de lançar botes, como serpente, e morder.

— E tem veneno, pai? — quis saber Bete.

— Não, filha; não tem veneno. Mas tem os dentes, como dizem os pescadores, "ervados", isto é, capazes de gangrenar o lugar da mordida. Este é o seu maior perigo. Vamos ver o tubarão de Pirata — disse o Professor, convidando os filhos.

Lá foram. Pirata dominava o terrível cação. Era da espécie azul, mais rara, e mais terrível também. A corda de *nylon* amarrada fortemente a um dos esteios da amurada, tranquilizava o pescador, pois não havia o perigo de o bicho soltar-se.

— Ai, desgraçado! — foi o grito que ecoou nos ares do outro lado da escuna.

Todos olharam naquela direção e viram André abaixado, segurando com uma das mãos a cabeça do caramuru e com a outra a própria perna, donde corria sangue. Correram para lá. Os meninos ficaram a distância. Pirata foi o último a chegar, e o primeiro a agir: mandou André encostar a cabeça do caramuru no piso da escuna e sobre ela pisou com a perna de pau, esmagando-a com o peso de seu corpanzil.

— Agora não morde mais... — disse.

O peixe ficou se batendo, já inofensivo.

O Sr. Marcelino conduziu André para o convés onde o sentou. Márcio correu ao quarto do pai donde trouxe a maleta dos medicamentos.

— O peixe comeu algo de sua perna, André — observou o Sr. Marcelino. — Mas o ferimento é raso; praticamente só tirou a pele. Não há perigo.

Fez um curativo rápido, preocupado sobretudo com eliminar por completo a baba deixada pela mordedura, causa, certamente, de infecção.

Voltaram ao tubarão.

O bicho parecia incansável.

— Por que o tubarão não fica quieto, pai? — perguntou Lino.

— Ele quer se livrar do anzol — respondeu Pirata. — Mas quanto mais ele puxa a linha, mais o anzol enterra na carne...

— Não é só por isso, meu filho. Há uma outra razão pela qual o bicho não fica quieto — acrescentou o pai. — O tubarão é uma espécie de peixe que só respira em movimento... não pode parar... Que vai fazer com ele, Pirata? — perguntou ao pescador.

— Meter no frigorífico... ou o patrão não quer?

— É grande demais, não? Tem mais de cinco metros de comprimento, não lhe parece?

— É bem possível — respondeu Pirata. — Vou "brincar" com ele um pouco, depois suspender.

— Você é quem sabe. Olhe que você já tem experiência...

— Aqui é diferente, patrão: ele tá lá e eu cá.

Pirata foi ao polvo e cortou um dos tentáculos. Voltando ao lugar onde estava, lançou um pedaço de carne de polvo ao tubarão que o abocanhou e engoliu em fração de segundo. Repetiu a dose algumas vezes, e todos observavam que o cação ficava cada vez mais ativo, mais raivoso e feroz. Era este o efeito que visava o pescador.

O Sr. Marcelino foi à casa das máquinas, no porão, conversar um pouco com Bruno e Gama, que também lá estava. Os três não viram a cena a que Pirata ia dar início.

— André, passe a corda na roldana e na polia e estique — ordenou Pirata.

André obedeceu.

Os meninos, em silêncio, não perdiam um lance de todo aquele trabalho.

Pirata desprendeu a corda do esteio da amurada e André continuou seu trabalho de erguer no ar o enorme tubarão.

Os meninos recuaram da amurada para baixo da cobertura do convés.

Quando a barriga do cação já passava da amurada, Pirata abriu-a com a faca, para diminuir o peso, e o intestino saltou fora e pendurou, caindo no mar. E dele saiu, por uma fenda que a faca abriu, um rolo de fio de *nylon* — uma linha de fundo que certamente ele arrebatara da mão de algum pescador.

— Deixe o tubarão cair na água... — ordenou Pirata a André.

André soltou a polia, que folgou a corda, devolvendo o bicho às águas.

O espetáculo já era horroroso, e o que se seguiu foi ainda pior.

Os meninos e André se aproximaram da amurada e viram, horrorizados, o tubarão devorando as próprias entranhas como se comesse um pedaço de carne qualquer!...

— Meu pai, que coisa horrível! — exclamou Bete, começando a contar ao pai, que chegava, a tragédia a que todos assistiram.

— Patrão, venha cá — chamou Pirata.

Andaram um pouco, para se distanciarem dos meninos, e o pescador, com um gesto, mostrou ao Sr. Marcelino, o rolo de linha que saíra do intestino do tubarão.

— Que foi isso, Pirata? — perguntou o Sr. Marcelino.

— Tava dentro do tubarão, patrão. Talvez era um tubarão assassino...

— Corte a linha, Pirata. Deixe esse monstro aí.

— Já tá morto, patrão. Nem se mexe mais. Vai ficar aí apodrecendo...

Voltaram, e o pescador cortou a corda de *nylon*, e o mar começou a levar para longe o cadáver do tubarão-azul.

Os meninos não entenderam a atitude do pai e dos pescadores, de deixar o tubarão perder-se depois de tanto trabalho. Márcio foi quem perguntou:

— Por que fizeram isso, pai?

— Não vale a pena, filho. É grande demais, não cabe no frigorífico, e, além disso, tem carne desgostosa.

— Então pra que mataram? — interrogou Bete.

— Não havia outro jeito, minha filha. Ele ia morrer de qualquer maneira, porque ninguém tira anzol da boca de tubarão vivo. O único jeito era cortar a linha. Ele ia morrer...

— Márcio, a derradeira linha está puxando! — gritou Lino.

— Tem peixe lá embaixo — explicou Márcio.

— Deixe eu ver — pediu André. — Tem, tá fisgado. Puxe — disse a Márcio, entregando-lhe a linha.

Márcio puxou um pouco, mas depois sentiu que o animal se firmara em qualquer coisa ou então o anzol enganchara.

— Não vem mais — disse a André.

André tomou a corda.

— Tá presa — disse.

— Hum! — exclamou Pirata que chegava junto.

— Que é André? — perguntou o Sr. Marcelino.

— É outro tubarão? — supôs Bete.

— Não, mocinha — respondeu André.

— Então é caramuru... — aventurou Lino.

— Também não — disse Pirata. E perguntou a Márcio: — Tá firme ou soltou?

— Está presa embaixo — respondeu Márcio.

— Pode ser que eu me engane — disse Pirata — me dê a linha...

Márcio passou a corda de *nylon* a Pirata. Ele segurou-a firme, esticou-a e, em movimentos repetidos, folgava-a e esticava-a, procurando sentir a reação do peixe fisgado. Esboçou um sorriso e afirmou:

— É uma arraia. E não é pequena. Aliás, aqui em alto-mar e por cima de uma pedreira como nós estamos, não tem bicho pequeno; tudo é grande.

Puxou a linha até esticá-la bem e, passando-a a Márcio, recomendou:

— Segure assim, bem esticada, que daqui a pouco ela vem.

— Como você explica isto, Pirata? — quis saber o menino.

Márcio, Lino e Bete não sabiam o que tinha sido mais emocionante: a pesca do polvo ou do caramuru, as manobras do tubarão ou a captura da arraia.

— A arraia se deita em cima da pedra e faz do corpo uma grande ventosa, presa à pedra. Quando se trata de uma arraia grande, não há força humana capaz de arrancá-la dali. Mas se a gente mantém a corda esticada, ela vai perdendo as forças e termina se largando da pedra.

— Já largou! — exclamou Márcio. — Tá se batendo. Ajude-me.

Pirata ajudou-o a segurar a linha e foram puxando o bicho para a superfície. Não demorou muito, viram aparecer no mar as costas da arraia, verdes da cor da água. Era realmente uma arraia grande. Suspenderam-na pela roldana, e, antes que ela se batesse, ameaçando ferir alguém com o esporão terrível, André pisou-lhe o meio das costas e a cauda, onde fica o esporão, que Pirata cortou com um golpe de faca.

— Agora não faz medo — disse André.

Viraram-na de costas, pondo à vista de todos a barriga alva como leite, e tiraram o anzol que ela abocanhara.

— Por hoje chega — disse o Sr. Marcelino. — Tratem os peixes e ponham no frigorífico.

Eram quase três horas da tarde.

4
A tempestade

Os pescadores e o cozinheiro começaram a tratar os peixes. O Sr. Marcelino, Bruno e os meninos, sob a cobertura do convés, apreciavam o trabalho, sentados em cadeiras e no chão.

— Vamos para o nosso "navio"? — convidou Bete.

Os irmãos não responderam: de um pulo se ergueram e acompanharam a irmã que partira na frente. O Sr. Marcelino, só então levantou a vista e olhou a atmosfera. E, voltando-se para os pescadores, disse:

— Hum! Não estou gostando do tempo. Vai mudar.

— Tem razão, patrão — confirmou Pirata.

— Nuvens vermelhas no céu... isso é tempestade — disse André.

O céu escureceu. O Sol, que dava às nuvens o tom avermelhado, desapareceu em pleno firmamento, e as nuvens assumiram a coloração escura própria das nuvens de chuva.

O Sr. Marcelino levantou-se, saiu de sob a cobertura e chamou os filhos:

— Meninos, venham para cá! Vai chover, e aí vocês não têm muito abrigo...

— Aqui está bem, pai. Nós nos cobrimos com a lona e não há perigo... — respondeu Márcio.

As últimas palavras do rapazinho foram encobertas por uma gritaria infernal vinda dos ares.

— Eu não disse, patrão? Vamos ter tempestade. Ói as procelárias... — disse André.

A gritaria era das aves. Elas anunciam a tempestade e vibram de alegria com ela. Os marinheiros supersticiosos acham que as procelárias são aves diabólicas que se alegram quando algum navio está em perigo, sob forte tempestade. Não é bem assim.

— As aves se alegram por causa da chuva e do vento — disse o Sr. Marcelino.

— É nada, patrão. Elas querem ver a miséria da gente... — disse Pirata.

— É o quê, homem — contestou o Sr. Marcelino. — Se elas tivessem essa ideia seriam como nós, inteligentes. Elas agem por instinto. Aliás, todas as aves, em geral, gostam da chuva...

Calaram-se os três, a ouvir a gritaria das pombas. Era uma nuvem imensa de procelárias que não calavam o bico, com seus pios estridentes, voando em volteios por sobre a escuna e pousando nos mastros, na gávea e no cordame das velas. Confiavam na sua impunidade e chegavam a pousar até na amurada da escuna, sem o mínimo receio ou temor dos tripulantes.

Começaram a cair os primeiros pingos de chuva.

Um relâmpago brilhou no meio das nuvens negras e um trovão ameaçador espalhou o seu estrondo cavo pela superfície líquida.

As procelárias redobraram a gritaria.

A chuva aumentou e ajudava os pescadores a lavar o convés onde trataram os peixes.

— Desçam daí, meus filhos, que daqui a pouco iremos jantar! — gritou o Sr. Marcelino.

A esse argumento do pai, os filhos não opuseram resistência. Quando desciam do escaler, outro relâmpago clareou o mar e a escuna, e novo trovão abalou os ares e o abismo de água. A chuva caiu pesada. As procelárias, como se aquilo fosse para elas a coisa mais agradável do mundo, continuaram a gritaria, manifestação de alegria imensa.

Desceram todos à sala de jantar, pois em cima o frio era intenso e a água que caía lavava todo o piso do convés. Acenderam-se as luzes, embora ainda não fossem nem quatro horas da tarde.

Um relâmpago de estranha luz clareou tudo de repente. Um risco azul, em zigue-zague, no céu, cortou-o de alto a baixo, em fração de segundo. Seguiu-se um estrondo aterrador que abalou a escuna...

— Misericórdia! — exclamou o Sr. Marcelino. — Pirata, que foi isto? — perguntou.

— Patrão, Deus nos guarde. Mas eu acho que caiu um raio no barco...

O Sr. Marcelino levantou-se rápido com ideia de subir ao convés.

— Não, patrão! Não vá lá — disse André. E acrescentou: — Não convém o senhor se expor ao perigo.

O vento soprava forte, balançando a escuna, que parecia solta à tona da água.

— A âncora teria soltado, Bruno? — perguntou o Professor.

— Não, patrão — respondeu o marinheiro. — Quando muito ela pode escorregar um pouco, se está assentada em cima de pedra. Mas não tem perigo de soltar, não. Pode ficar tranquilo.

As procelárias continuavam o seu alarido.

A chuva diminuiu, levada para longe pelo vento, que soprava com ímpeto de fúria.

O barco balançava de um lado para outro, e subia na crista das ondas ou descia no intervalo delas, como se fosse uma casca imponderável na superfície líquida agitada.

— Vamos jantar — convidou o Sr. Marcelino.

Todos se dispuseram para a refeição.

Quando terminaram, a chuva tinha cessado de todo. Mas o vento soprava no cordame e na cobertura do convés, assobiando como apito de criança.

— Ainda não estamos livres do perigo, patrão. O vento, às vezes, é pior que a chuva — disse Bruno.

— Eu sei, Bruno, que no mar o vento é o grande inimigo das embarcações, sobretudo de embarcações leves como a escuna...

O tempo já estava claro, embora o Sol ainda estivesse meio oculto nas nuvens. Passava pouco das quatro horas.

— Agora podemos subir, patrão, pra ver o que aconteceu — disse Pirata.

— Vamos — concordou o Professor.

Subiram o Sr. Marcelino, Márcio, Bruno e Pirata.

— Eu não disse, Professor?! — exclamou Pirata.

Pai e filho, em silêncio, olhavam abismados o efeito do raio sobre a escuna: o mastro da gávea, na proa, estava reduzido a taliscas de madeira, lascado de cima a baixo; a vela, destruída, a amurada partida e tudo desconjuntado...

— Que vamos fazer, pai? — perguntou Márcio.

— Eu gostaria de pescar ainda amanhã, filho. Mas assim não é possível. Vamos embora? — perguntou, por fim, o Sr. Marcelino.

— É bom, pai; consulte os meus irmãos e pergunte também ao pessoal.

Desceram à sala de jantar.

— Querem voltar a Salvador? — perguntou o Sr. Marcelino.

— O Sol está saindo, patrão; mas se o senhor quiser, nós vamos — respondeu Bruno.

As procelárias tinham desaparecido. Algumas jaziam mortas no piso do convés, vítimas, certamente, do raio que caíra no mastro da escuna.

Mas o pior ainda estava por vir.

5
A montanha de água

O Sol reapareceu, trazendo aquele calorzinho agradável que se sente depois da chuva. Correu por todos uma sensação de bem-estar que reanima a quem sai de um perigo.

Mas para os homens experientes aquele bem-estar era passageiro, pois o perigo corria a muitos nós pela superfície do oceano. Era o vento que não cessava, mas parecia aumentar a velocidade e a impetuosidade.

A escuna, de proa para o leste, donde vinham os ventos, cortava as ondas com a quilha, por mais altas que elas viessem. Verdadeiros vagalhões se formavam à distância e em poucos segundos atingiam o barco que os dividia sem dificuldade.

O Sol desceu no horizonte. E a noite caiu. As luzes, que tinham sido apagadas, acenderam-se novamente, e tudo ficou iluminado.

— Meus filhos — falou o Sr. Marcelino —, vamos voltar para casa. Mas, antes, vamos prevenir-nos para o pior. Subam para o escaler de vocês e desatem-no para que fique solto. Nós vamos fazer o mesmo com o nosso. Ninguém sai do escaler, vocês sabem, pois ele boia e não afunda. E, se houver perigo, agarrem-se a ele firmemente e estejam tranquilos.

Mal acabou de fazer aquelas recomendações, os três filhos se dirigiram ao Netuno, em que subiram sem dificuldade. Márcio desatou as amarras que o prendiam, deixando-o completamente solto. Em seguida, acomodou-se com os irmãos sob a lona que eles tinham deixado estendida sobre armação própria e firmemente presa pelas pontas. Verificaram que tudo estava em ordem e enxuto, apesar da forte chuva que caíra. Dentro do escaler a água não pingara.

— Aqui nós dormiremos tranquilos, e quando despertarmos estaremos em Salvador — disse Márcio.

Deitaram-se os três ao longo do escaler, Bete no meio dos dois irmãos, sobre uma tábua aí posta.

— Bruno já virou o motor — disse Lino. — Escutem o barulho...

— É verdade — confirmou Bete.

— Está levantando a âncora... — falou Márcio.

— Agora acelerou... — disse Lino.

Os meninos acompanhavam, só em ouvir, todos os movimentos do marinheiro manobrando o barco. De súbito silenciaram. Sentiam-se levantados e como que atirados aos ares por uma força que pegasse por baixo o escaler. Instintivamente puseram a cabeça fora, por sob a lona, e olharam o mar para o lado direito... Nada viram. Só uma montanha de água, de cuja crista o escaler descia e ficava para trás. A escuna tinha desaparecido. Quando a montanha de água passou, eles puderam ver ainda as luzes acesas do barco que afundava e desaparecia no abismo do oceano.

As lágrimas vieram aos olhos dos três irmãos, que choraram longo tempo sem dizer palavra. Márcio rompeu o silêncio:

— Perdemos a escuna, mas estamos vivos, graças a Deus.

— E papai?! — exclamou Bete em pranto.

— Ele deve estar salvo também com os nossos amigos — confortou-a Márcio.

— Ele fez no outro escaler o mesmo que nós no Netuno. Creio que eles estão salvos — disse Lino.

— Não vi o outro escaler — disse Márcio. — E tenho impressão de que nós estamos sendo levados pelo mar... Em que direção, não sei; mas parece que é para o sul. Vamos ter calma, porque só se pode fazer alguma coisa quando o dia amanhecer.

— Nós passamos por cima da onda gigante; o outro escaler deve ter sido levado por ela... — raciocinou Lino.

— Sendo assim — concluiu Bete —, meu pai e os outros foram levados para terra, e nós fomos arrastados para o mar... Eu estou com medo...

E agarrou-se ao irmão mais velho. Márcio disse:

— Não tenha medo, minha irmã. O Netuno é bom, não afunda; nós nos salvaremos.

— Parece que nós estamos sendo levados para o alto--mar... as ondas estão diminuindo de tamanho, não acha, Márcio? — falou Lino.

— Parece... e isto é bom. Daqui a pouco podemos até dormir... Tenham calma. Nós já navegamos, por nossa conta,

Sentiam-se levantados e como que atirados aos ares por uma força que pegasse por baixo o escaler.

tantas vezes, na Baía de Todos-os-Santos... Não é aqui que vamos ter medo.

Bete sorriu e encheu-se de coragem:

— É mesmo, Márcio. Vamos imaginar que estamos num daqueles nossos passeios pela Baía, visitando aquelas ilhas todas...

— Embora aqui seja oceano... — ponderou Lino.

— Mesmo assim. O escaler é feito para resistir a qualquer desastre no oceano. O perigo já passou e os ventos estão diminuindo — disse Márcio olhando para fora. — Alegrem-se comigo: vejam, a Lua vem saindo...

Os outros olharam.

Pela posição em que vinha saindo a Lua, eles perceberam que a proa do escaler estava voltada para o sul, e que nessa direção eles estavam sendo levados.

— Nem notícia da escuna, não é, Márcio? — perguntou Lino, com tristeza.

— Quê! A esta altura deve ter assentado no fundo do mar... — respondeu o irmão.

— E o escaler de papai, onde estará? — perguntou Bete, chorando, angustiada.

Márcio pegou a cabecinha da irmã e aconchegou-a ao peito:

— Não se preocupe, minha irmã. Eles são cinco homens acostumados aos trabalhos no mar. Garanto que eles estão mais seguros que nós, embora mais preocupados, por nossa causa. Vejam o mar: está tranquilo que parece um espelho. Parece que a claridade da Lua lançou para longe os ventos... só se vê o faiscar das pequeninas ondas...

— Mas nós estamos sendo levados para o sul, Márcio — observou Lino. — As ondas parecem caminhar para o norte.

Bete bocejou, com sono, e os outros, como ligados a ela por uma corrente de comunicação, a imitaram.

— Seria bom a gente dormir. Estou pensando que o nosso trabalho, quando o dia clarear, não vai ser pouco nem fácil — ponderou Márcio.

— Não pude compreender como é que a escuna foi a pique. Ela estava cortando as ondas, os vagalhões, sem nenhum perigo... — disse Lino.

— Eu penso — respondeu Márcio — que quando Bruno levantou a âncora, começou a fazer a volta para se dirigir para terra...

— Já entendi — disse Lino. — Ao virar a proa, ele ofereceu o flanco do barco às ondas...

— A montanha de água o pegou e virou, afundando-o... — concluiu Márcio.

— Isso mesmo — disse Bete. — Que horror!

— Ele virava a escuna olhando para o sul; deste modo, o nosso escaler ficou do lado do oceano e foi levantado na crista do vagalhão. O outro, do lado da terra, foi empurrado para a costa e a gente não o viu mais... — concluiu Márcio.

6
A correnteza

Desde que o escaler fora lançado ao mar separado da escuna, os meninos desconfiaram de que estavam sendo arrastados por uma força que os levava na direção sul. E com a saída da Lua, que clareou a superfície do oceano, perceberam que isso era uma realidade.

O mar estava sereno, tranquilo, mas o Netuno não parava, viajava sempre.

Fazia frio. Os meninos se enrolaram em seus cobertores, mas sentiram que a temperatura baixara muito. E — coisa estranha! — o lastro do escaler parecia gelado, tão frio estava.

Márcio, para tirar uma dúvida, pôs a mão fora do pequeno barco e tocou na água, retirando-a com rapidez.

— Que foi? — perguntou Lino.

— A água é fria... — respondeu Márcio.

— Que quer dizer isso, Márcio? — perguntou Bete.

— Não sei... Parece água gelada... e vai nos arrastando para o sul em grande velocidade.

— E como vamos fazer, Márcio, para sair desta água fria? — interrogou Lino.

— Só amanhã. Aliás, já devem faltar poucas horas para o amanhecer.

Mas aqui não há nenhum perigo: em primeiro lugar, os tubarões não gostam de água fria, pois eles são peixes de água quente; além disso, neste ponto não há ondas que nos possam abalar. Vejam como o Netuno vai tranquilo...

A estas palavras do irmão mais velho Bete e Lino se acalmaram e começaram a cochilar.

— Antes de dormir venham ver que beleza de espetáculo! — exclamou Márcio.

Eles puseram a cabeça para fora da lona.

O que viam era realmente encantador, pela beleza e pela raridade: milhares de peixinhos luminosos, brilhantes, nadavam à flor da água, de um e outro lado do escaler, acompanhando-o na sua viagem.

— Que coisa linda! — exclamou Bete. — Ah, se a gente pudesse pegar um!

— Não ia adiantar, minha irmã — opôs Márcio. — Como todo peixe, morreria dentro de instantes...

— É mesmo, Márcio. Mas que espetáculo maravilhoso! — ainda exclamou Bete.

Lino não dizia palavra, admirando também os peixes luminosos. Algum tempo ficaram assim os três, os olhares atentos aos peixes luminosos, calados, sem dizer palavra, com medo até de espantá-los. Por que acompanhavam o escaler não sabiam explicar. Enfim, o espetáculo se tornou monótono, e os três náufragos resolveram descansar, tentando dormir.

Recolheram-se sob a lona, forraram com os cobertores o fundo do escaler e se acomodaram os três; Bete no meio, sobre a tábua de metro e meio de comprimento por meio de largura.

Cansados como estavam, pela apreensão e pelas emoções vividas durante tantas horas, mal fecharam os olhos, adormeceram.

Dentro de poucos instantes Márcio acordou sobressaltado. Pareceu-lhe estar na crista da onda que virou a escuna, prestes a ser tragado pelo abismo das águas... Abriu os olhos espantado e se tranquilizou porque apenas sonhara. Suspendeu um pouco a lona e olhou em volta: tudo era mar e céu. Nada fixo, nada palpável a que pudesse apegar-se... "Para baixo" — pensou — "talvez milhares de metros para atingir o fundo do mar; para cima, só as estrelas que nos piscam a milhões de quilômetros; para o lado direito, centenas de quilômetros talvez nos distanciem da terra. Só haveria um meio fácil de vencer essas distâncias: a morte. Mas nós temos de sair vivos desta enrascada. Deus nos ajudará..."

Com este último pensamento, sentiu-se encorajado e tratou de dormir.

Aos primeiros clarões da madrugada, antes mesmo que o Sol nascesse, Márcio e Lino acordaram. E falaram baixinho, aos cochichos, para não despertar a irmã.

— Que vamos fazer, Márcio? — perguntou Lino, quase em desespero.

— A luz do Sol renova a vida — respondeu Márcio. — Você vai ver que nós vamos lutar e vencer.

— Olhe para a direita, Márcio. Só se vê água e céu... Onde está a terra?

— Talvez já se aviste a terra. É que a claridade ainda é pouca...

— Olhe. Não se vê nenhuma elevação na linha do horizonte... Aquilo não é terra, é água. Terra mostraria alguma irregularidade; água é certinha... não acha?

— Tem razão, Lino. Mas vamos deixar o Sol sair para termos certeza.

— Que é aquilo, Márcio?

Esta pergunta Lino a fez em voz alta, e Bete acordou. Levantou a cabeça e acompanhou os irmãos a observar o romper do dia.

— Eu diria que é um morro, assim na penumbra, se não visse que se move... Que acha, Bete?

A menina olhou fixamente.

— Vem vindo para cá — disse. — É uma baleia. Que monstro!

Era enorme, realmente.

— Vamos espantá-la, do contrário vai passar por cima de nós — disse Lino.

— Não tenham medo — tranquilizou-os Márcio. — A baleia é um monstro no tamanho descomunal, mas é inofensiva ao homem. Fiquemos quietos que ela passa tranquila.

A claridade aumentou com a aproximação da aurora e os meninos puderam admirar, não sem algum receio, as enormes proporções do cetáceo.

A baleia chegou perto do escaler, parou uns instantes a olhá-lo, como estranhando aquele encontro inesperado. Depois, desviando-se da água fria, passou de lado, dirigindo-se para o norte.

Os meninos respiraram profundamente, refeitos do susto que passaram. O escaler balançou um pouco, sacudido pela água deslocada pela baleia ao passar. Mas logo se equilibrou e continuou levado pelo mar.

— Felizmente! — exclamou Bete.

— Estamos livres desta — murmurou Lino.

— Eu sei que a baleia é inofensiva para o homem — disse Márcio. — Mas confesso que, quando vi esta, parada, como a olhar para nós, senti um arrepio de medo como nunca tive.

— Eu também quase morria de medo — confessou Bete.

— Não teve mais medo do que eu não, minha irmã — disse Lino, por sua vez. — O que espanta é o tamanho do monstro. Vocês viram a boca? Cabe o Netuno dentro e ainda fica espaço... Eu só imaginava uma dentada...

— Bobagem, Lino. A baleia não morde as presas que apanha. Engole-as inteiras. Por isso é que ela se alimenta de peixinhos miúdos — explicou Márcio.

O Sol começou a levantar-se no horizonte de águas do oceano. Soprava uma brisa leve. Os meninos começaram a sentir o calorzinho da manhã que os reanimou e trouxe-lhes de volta a coragem e a decisão de lutar pela vida.

7

A tábua de salvação

— Agora que temos luz e calor — falou Márcio —, vamos cuidar de nós. Vamos primeiramente dobrar a lona e os cobertores e amarrá-los ao Netuno.

Foi a primeira providência que tomaram.

— Márcio — disse Lino —, precisamos sair desta correnteza, que nos dá ideia de estarmos longe da praia, e navegar para terra.

— É o que vamos fazer, Lino. Dê-me aqui sua faca. É a mais fina e tem boa ponta. Quero com ela fazer um furo na tábua, numa das cabeceiras...

— Pra quê? — perguntou Bete.

— Você vai ver...

Márcio tomou a faca de Lino e com algum trabalho fez um furo na tábua; por ele passou um pedaço de corda que amarrou à tábua e prendeu solidamente numa trave do escaler. Em seguida deixou descer na água a cabeceira livre da tábua encostada ao longo do corpo do escaler. Depois falou ao irmão:

— Agora, Lino, você cuide do leme que eu equilibro o Netuno com esta tábua, e vamos desviando o escaler para a direita, vencendo aos poucos a força da água.

Assim fizeram.

Márcio segurava firmemente a tábua; Lino dominava o leme, um pouco pendido de lado... E o Netuno começou a seguir caminho próprio, desviando-se para a direita.

Os três meninos sentiram-se reanimados.

Bete começou a bancar a dona de casa: abriu uma caixa de madeira, a despensa, e tirou de dentro uns sanduíches. Deu um a cada irmão e tomou outro para si. Comeram a primeira refeição do dia. Depois tomaram um pouco de água — um copo cada um, pois era prudente economizar comida e água.

— Não sabemos o que nos aguarda. A gente não sabe o que vai acontecer — disse Márcio. — Quem sabe quantos dias haveremos de ficar neste barquinho?

— Não se vê terra em parte alguma, meus irmãos — disse Lino.

— Quando nos libertarmos da corrente fria — opinou Márcio —, vamos navegar seguindo o curso do Sol, isto é, para o poente.

— Claro! — concordou Lino.

— É o lado para onde fica o Brasil — concluiu Bete.

— Mas daqui até lá...

As lágrimas chegaram aos olhos da menina...

— Não desanime, minha irmã. Daqui a pouco nós veremos terra — consolou-a Lino.

— Márcio e Lino, olhem o que vai lá! — exclamou Bete.

Os irmãos olharam.

Um navio grande, um transatlântico, passava ao longe. Ia do sul para o norte. Os meninos, de pé, gritaram com toda a força dos pulmões, mas viram que o navio continuava sua rota na mesma marcha.

— É inútil — disse Márcio. — A distância é muito grande. Só um grito de baleia podia chegar lá.

Acompanharam o transatlântico com olhares tristes, e viram-no desaparecer na direção norte. A solidão do mar pareceu-lhes ainda maior depois que o navio se distanciou e sumiu.

— Márcio — perguntou Lino —, a zona de correnteza é tão larga assim? Nós já estamos tentando sair dela há muito tempo, e ainda não conseguimos...

— É larga, Lino. O navio que vimos vai pelo outro lado dela; ainda vamos demorar a sair. Vá virando um pouco mais o leme para nos desviarmos mais depressa... Mas tenha cuidado, não vire muito que a corrente pode levar o escaler de lado, e aí é perigoso. Assim está bem.

O Sol subia e esquentava tudo. Da água subia um reflexo de calor e luz que perturbava a vista, ofuscando-a, e queimava a pele dos pequenos aventureiros. Em breve sentiram sede.

— Bete, dê água pra nós — pediu Márcio.

Cada um bebeu um copo de água.

E a viagem continuou.

— Vocês não estão com fome? — perguntou Bete.

— Acho que nós todos estamos com muita fome — disse Lino.

— Mas é bom pouparmos comida. Ainda nem avistamos terra... — ponderou Márcio.

— Estamos sem relógio — disse Bete. — Mas quando o Sol chegar ao meio do céu, vamos almoçar...

— É bom — concordou o irmão mais velho.

Calaram-se os três, e o trabalho continuou.

O tempo correu.

Bete, que via o esforço inaudito dos irmãos, nem os consultou mais: preparou os sanduíches e os distribuiu. Ninguém

Um transatlântico passava ao longe. Os meninos, de pé, gritaram com toda a força dos pulmões.

protestou. E a menina, com um sorriso, evitou qualquer comentário.

Beberam mais um copo de água e verificaram, com tristeza, que o precioso líquido estava acabando. Daria, talvez, mais uma dose para cada um.

Márcio levantou-se e olhou longe para confirmar o que via. Alegrou-se no íntimo e comunicou a alegria aos outros.

— Estamos saindo! Olhem lá! A água parada... Estamos saindo da correnteza, graças a Deus.

— Já é uma grande conquista, Márcio — disse Lino, entusiasmado.

Bete levantou-se e olhou; depois falou:

— Só agora percebo a curiosidade: as águas não se unem; uma é corrente, a outra é parada. O que se passa aqui é semelhante ao que se vê em terra: o rio corre, e a terra é imóvel. Que coisa interessante!

— E até a coloração é diferente, vocês percebem? — observou Márcio.

— A corrente é mais escura; a água parada é esverdeada... — concordou Lino.

— Estamos saindo, Lino. Segure firme o leme, que a diferença entre as duas águas pode ocasionar um desequilíbrio no escaler. Bete, sente-se para não tombar, e agarre firme.

Os irmãos obedeceram, atentos às palavras de Márcio. Ele continuou:

— Lino, desfaça um pouco o desvio, voltando o leme quase para o meio... assim; aguente aí com força. Esteja atento para a linha que divide as águas.

A linha divisória já estava bem próxima.

— Agora! — gritou Márcio. — Firmeza, Lino! Bete, segure-se!

— O barco vai virar, Márcio! — gritou Bete.

— Não tenha medo, que não vira, Bete. Segure firme, meu irmão!

O barco pendeu de lado e adernou um pouco, o que Márcio já esperava que acontecesse: de um lado, a correnteza tentava levá-lo; do outro, a água parada o segurava. Deste lado, o bordo baixou a ponto de quase nivelar com a superfície do mar. Os meninos viveram instantes de terrível apreensão. Mas foram instantes. Lino conseguiu manter o leme na mesma posição, e Márcio aguentou a tábua equilibrando o pequeno barco. Não demorou muito, o Netuno se viu solto, em meio a águas tranquilas, onde parou, baloiçando-se nas ondas, em posição estável.

Para felicidade dos meninos, a brisa que soprava era muito suave e apenas enrugava a superfície do mar, onde não se formavam ondas que os atemorizassem.

Os três respiraram profundamente, como se tivessem estado asfixiados há pouco.

— Olhem lá a correnteza donde saímos! — exclamou Márcio.

— Isto quer dizer que nós estamos é longe do lugar onde naufragou a escuna! — exclamou, por sua vez, Lino.

Bete encheu os olhos de lágrimas e não pôde conter o pranto. Os irmãos compreenderam a dor da irmã, que era a mesma deles, e choraram todos.

Passaram alguns minutos dando vazão a seus sentimentos, sem dizerem palavra.

Foi Márcio quem rompeu o silêncio:

— Meus irmãos — disse, abraçando-os —, vencemos a primeira etapa. Vamos iniciar a segunda. Até aqui nos trouxe a correnteza; agora nós temos de impelir o barco para terra...

— A vela! — lembrou Bete.

— É isso, justamente. Vamos colocar o mastro e içar a pequena vela.

Foi o que fizeram. Posto o mastro em pé, no seu lugar, e esticada a vela, a brisa que soprava de leve começou a impelir o Netuno.

— Direto para terra, Lino — gritou Márcio. — Aprume na direção do Sol, que já vai pendendo, e segure na mesma posição.

O Sol estava no meio da tarde. Mais algumas horas e estaria tocando o horizonte.

— Não creio que avistemos terra mais hoje, meus irmãos — falou Lino.

— Certamente não. Mas, se o sono não nos pegar, viajaremos toda a noite, não? — perguntou Márcio.

— Assim espero — concordou Lino.

— Estou com pena de vocês — lamentou Bete.

— É nossa vida que está em jogo, minha irmã; e é nosso dever defendê-la a todo custo. Deus nos ajudará! — disse Márcio.

O Netuno deslizava sereno sobre as águas.

O Sol caía.

A menina teve uma ideia. Abriu a sacola, tirou de dentro sua caderneta e um lápis, e começou a escrever, aproveitando a última claridade do dia, antes que o Sol se pusesse.

— Que está escrevendo, Bete? — perguntou Lino.

— Eu resolvi deixar escrito tudo que nos aconteceu nesta viagem...

— Espere aí — disse Márcio, surpreso —, você está fazendo um diário?

— Sim, estou. É o Diário de Bordo do Netuno. Meu pai me disse que todo navio tem um diário de bordo. Ele mesmo, quando viajava na escuna, escrevia o dela... Eu entendi de fazer o do nosso "navio". Gostaram da ideia?

— É uma boa ideia. Assim, quando nossos pais o lerem, saberão tudo que se passou conosco... — explicou Márcio.

— Foi a minha intenção quando pensei escrever o Diário de Bordo do Netuno.

— Você podia começar contando a sensação que nós tivemos de estar voando, quando fomos atirados fora da escuna. Aí começamos a viajar sozinhos...

— É aí mesmo que começa o diário...

Silenciaram, e a menina continuou a escrever.

8
No mar

A tarde começou a esfriar. O Sol, já muito baixo, perdia o seu calor e se tornava avermelhado. A fresca brisa que soprava tornou-se mais intensa, levando o barquinho em maior velocidade.

Um céu límpido, azul, sem uma nuvem sequer, prometia aos pequenos náufragos uma noite tranquila.

Márcio se pôs de pé para melhor ver o horizonte, aproveitando a última claridade do Sol; depois, sentou-se, desanimado, e disse com amargura:

— Infelizmente, não vejo nenhum sinal de terra...

Bete respondeu, animando os irmãos:

— Não se preocupem com isto. Vamos continuar navegando. O vento nos ajuda e nós estamos indo no rumo certo.

— Quanto a mim — respondeu Lino —, é só manter o leme nesta posição, o bico da proa no giro do Sol.

— Disposição de ânimo eu tenho para passar a noite, seguro aqui a esta tábua, até amanhecer o dia — afirmou Márcio.

— Então, nada de desânimo — concluiu Bete. — Eu posso ajudar a vocês, substituindo-os nos seus postos. Ou, se não for necessário, estarei aqui acordada, rezando por nós todos e dando apoio moral a vocês.

Anoiteceu.

Só pode calcular o terror que imprime na alma humana o abismo do oceano quem nele já passou uma noite, em pequenino barco flutuante nas águas, leve como uma pena. Era o que sentiam nesse momento os três irmãos náufragos em pleno oceano Atlântico.

O céu escureceu.

Em breve começaram a aparecer no firmamento as primeiras estrelas. Outras mais foram surgindo, e mais outras, e daí a pouco eram milhares delas a olhar, com seus olhinhos brilhantes, os três aventureiros que navegavam.

— Lá está o Cruzeiro do Sul — disse Márcio. — Meio deitado com a cabeça para a esquerda, a princípio, alcança a posição vertical mais ou menos à meia-noite. E, quando deita para a direita, está próximo o amanhecer. Ele será o nosso guia.

Ouvindo isto, Bete olhou para o céu e fez o sinal da cruz, no que foi imitada pelos irmãos, e os três silenciaram por uns momentos.

A claridade das estrelas iluminava parcamente o oceano. E, refletindo-se nas águas, dava aos meninos a ideia de outro céu embaixo, submerso, causando-lhes a impressão de que viajavam por cima das estrelas.

Passaram-se algumas horas.

Olhando o nascente, Bete falou:

— A Lua vai sair.

— Tem razão, Bete — disse Márcio, voltando-se.

— Aquele clarão é ela — concluiu Lino.

Dentro de instantes o disco prateado da Lua começou a emergir das águas. E subiu com rapidez acima da linha do horizonte líquido. Uma faixa de luz se estendia por toda a extensão entre a Lua e o olhar dos meninos, que se distraíam contemplando aquela beleza, para eles tétrica, dado o perigo que viviam.

— Se fosse uma estrada por onde a gente pudesse andar, eu seria a primeira a tomá-la... — disse Bete.

— Mas nós vamos justamente para o lado oposto — contradisse Lino.

— Não adianta viver no mundo da fantasia — falou Márcio. — A nossa realidade é bem outra: perigo e trabalho.

— E fome! — exclamou Lino.

— Eu também estou com fome — confirmou Márcio.

— Quem é que não está? — perguntou Bete.

E, sem mais dizer, tratou de preparar uns sanduíches.

— E água, Bete? — quis saber Márcio.

— Está acabando... dá um copo para cada um.

— Vocês aguentam deixar para beber água mais tarde? — perguntou Márcio.

— Eu aguento — respondeu Lino.

— Eu também — secundou a menina.

— Então vamos deixar para mais adiante — falou Márcio.

A Lua subiu no céu. A sua claridade espantou muitas estrelas. Só ficaram visíveis as mais brilhantes. O Cruzeiro do Sul lá estava. Quase em posição vertical, ele denunciava a aproximação da meia-noite.

A brisa intensificou mais um pouco e imprimiu maior velocidade ao Netuno. Em compensação começou também a levantar ondas maiores, que, entretanto, o escaler cortava sem dificuldade.

— Que é que aparece lá na linha do horizonte? é terra? — perguntou Lino.

Os outros dois olharam fixamente durante alguns instantes. Depois Márcio falou:

— Não, não é terra... são nuvens... reparem que elas mudam de posição, mudam de forma... São nuvens.

— É verdade: transformam-se... — aceitou Lino.

— Mas eu aposto que hoje nós veremos terra, com fé em Deus — disse Bete, animando os irmãos.

O tempo esfriou, aquela frieza da madrugada. Os meninos enrolaram-se em seus cobertores e continuaram em seus postos. A força que faziam e a atenção que prestavam a tudo — o horizonte, a superfície líquida, o barco e o Cruzeiro do Sul e a Lua que orientavam, tudo enfim — tiravam-lhes o sono, mantendo-os acordados; e a vontade de vencer a distância e chegar à terra dava-lhes a coragem, que é condição para vencer numa situação como aquela em que se encontravam.

Passou-se o tempo.

Bete, cansada da monotonia e do silêncio, derreou a cabeça onde estava e dormiu. Os dois irmãos, agora em maior silêncio, para não despertarem a irmãzinha, continuaram no seu trabalho de guiar e equilibrar o barquinho.

As horas se escoaram.

O Cruzeiro do Sul pendeu a cabeça e deitou. As estrelas começaram a empalidecer no céu; a Lua deixou de brilhar e era apenas um disco branco perdido no firmamento. A brisa foi diminuindo até deixar de soprar.

A vela do Netuno afrouxou, e parecia um pano pendente de um varal, posto a secar. O escaler parou.

O nascente se tingiu de ouro e púrpura e o disco do Sol apareceu, aquecendo tudo já aos primeiros raios.

Quando a luz do Sol atingiu o rosto de Bete, a menina despertou. Sorriu para os irmãos:

— Desculpem-me — pediu ela. — Eu dormi...

Márcio e Lino, sem dizer nada, abraçaram-na e beijaram-na carinhosamente.

— Estamos com fome e com sede, Bete. Que é que ainda tem pra se comer e beber? — perguntou Márcio.

— Três sanduíches e três copos de água.

— Vamos comer e beber — pediu Lino. — Eu não aguento mais.

— Vamos — concordou Márcio.

Bete distribuiu os últimos sanduíches. Acabou-se a comida. Deu, depois, um copo de água a cada um...

— Estamos parados, Márcio — falou Lino. — A brisa deixou de soprar...

— Agora vai começar o pior — respondeu o irmão. — Temos de dar no remo, do contrário não sairemos daqui.

Puseram as chavetas nos furos próprios, de um e outro lado do Netuno, sentaram-se nos lugares destinados a remadores, e Bete foi para o comando do leme.

Remaram mais de uma hora, quando o cansaço e a sede os venceram.

— Eu não aguento mais — disse Lino, descansando o remo.

— Nem eu — concordou Márcio, largando também o seu remo.

— Estou morrendo de sede — acrescentou Lino.

— Eu também — falou Márcio.

— Eu guardei um pouquinho de água para vocês... tomem — falou Bete.

— Que água é esta? não já tinha acabado? — perguntou Márcio.

— Eu não bebi... deixei pra vocês dois...

Deu meio copo para cada um; ela bebeu apenas um gole. Os irmãos abraçaram-na comovidos.

— E quando tivermos sede outra vez? — perguntou Lino, angustiado.

— Eu tenho uma ideia — respondeu Márcio.

— Atenção, olhem! A brisa começou a soprar! Olhem a vela enchendo... — disse Bete, quase gritando.

Lino pulou para o leme e começou a guiar o barquinho; Márcio foi para sua tábua, na sua função de equilibrar o Netuno; Bete guardou os remos e as chavetas, amarrando-os em seus lugares. A viagem continuou.

O Sol subiu no firmamento e começou a queimar de cima os três navegantes. Os dois meninos sacaram as camisas e ficaram só de calções. Bete pôs um vestidinho leve, e os três se molharam de água salgada, para minorar o calor e transpirar menos.

A brisa soprou mais forte, e os meninos se reanimaram. Chegaram a esboçar um sorriso, logo desfeito pelas palavras de Bete:

— Eu estou começando a sentir fome e sede, e vocês?

47

— Eu estou calado, mas já não suporto uma e outra — disse Lino.

— Vamos então executar a minha ideia que eu disse há pouco — falou Márcio.

Mal acabou de falar, levantou-se no ar, ao lado do Netuno, pregando um grande susto aos meninos, um cardume de peixes-voadores. Formaram uma nuvem de muitas dezenas deles, que pousaram a uns duzentos ou trezentos metros adiante, mergulhando e desaparecendo na água.

— Que susto! — exclamou Bete.

— Eles devem ter voado com medo do escaler... — disse Lino.

— Não, Lino... — murmurou Márcio a meia-voz, como quem está com medo. — Olhe à direita.

Os irmãos olharam.

— Que é aquilo? — perguntou Bete, cochichando.

— É a barbatana de um tubarão — respondeu Márcio, no mesmo tom de voz abafado. — Ele vem perseguindo os peixes-voadores.

Passava visível, acima da água, a barbatana dorsal de um tubarão, na direção onde pousaram os peixes-voadores.

— Vamos parar, Márcio? Este monstro pode atacar a gente...

— Desvie o barco um pouco para a esquerda; assim nós sairemos da rota. Vamos parar um pouco ali na frente e pescar.

— Pescar? — admirou-se Bete.

— Sim. Pescar. Estamos com fome e sede. Peixe cru, assim me ensinou Pirata, mata ao mesmo tempo a fome e a sede.

— Márcio, você sabe tanta coisa do mar que eu fico admirada.

— Quando eu converso com os pescadores e marinheiros, pergunto muito e aprendo tudo que eles me dizem. Pirata me disse que no mar só morre de fome e sede quem não pesca. Vocês vão ver. Vocês aguentam viajar mais uma meia hora?

— Vamos. Tenho vontade de beber água salgada...

— É loucura — falou Márcio. — Foi outra lição que aprendi de Pirata: o náufrago que perder a paciência e beber água salgada morre dentro de meia hora... E nenhum de nós vai fazer uma loucura destas. Paremos aqui. Lino, desate a amura da vela... Espere! Meus irmãos, olhem o horizonte, na frente!

Os dois olharam. Levantaram-se os três e correram para o meio do escaler e abraçaram-se rindo e chorando ao mesmo tempo.

Emoldurando o mar, na fímbria do horizonte, uma faixa verde, ainda muito estreita, ora à altura, quase, do nível das águas, ora salientando-se em pequenas elevações, prendia o olhar e a atenção dos pequeninos náufragos, até ali levados pela esperança, e agora confortados pela certeza de conseguirem sair vitoriosos.

— Terra! — gritaram os três num desabafo.

— Brasil!

— Brasil!

— Brasil!

Silenciaram, saboreando a alegria de avistar a terra.

— Agora podemos pescar — falou Márcio.

— Que nada, meu irmão! Dá pra nós chegarmos lá, não? — opôs Lino.

— Qual, meu irmão! Nem de noite nós chegaremos lá. Você não é capaz de imaginar quantos quilômetros nos distanciam da terra. É outra lição que os marinheiros e pescadores me deram: água engana muito e ninguém pode calcular distâncias em água...

— Então vamos parar — concordou Lino, arriando a vela do Netuno.

Prepararam os anzóis, pondo neles iscas de camarão, e lançaram-nos à água. Com facilidade pegaram tainhas e xaréus em quantidade suficiente, a ponto de cada um, se quisesse, poder comer quatro ou cinco.

A princípio hesitaram em comê-los crus. Mas a fome e o instinto de conservação gritaram mais alto que a razão, e os três terminaram por aceitar aquela refeição diferente como único meio de sobreviverem. Mastigaram peixe cru até se satisfazerem. Quando não sentiram mais fome nem sede pararam e verificaram que tinham consumido cerca de metade dos peixes.

— Ainda estão com fome? — perguntou Márcio.

— Não — responderam os outros.

— Nem sede?

— Não, também...

49

— Afinal de contas, como me disse Pirata, peixe é água concentrada.

Os três riram satisfeitos. Lino ergueu a vela e agora Bete ia no timão, dirigindo o Netuno. Márcio descansou um pouco deixando a tábua por conta do irmão.

— Vou fazer uma proposta a vocês — falou Lino. — Já que estamos confortados porque avistamos terra, dois trabalham e um dorme. Márcio, comece você a dormir; daqui a pouco nós o chamamos e outro vai dormir; por fim, o outro. Assim nós descansaremos, pois estamos semimortos.

Os dois concordaram, e Márcio começou a dormir.

Bete escreveu no Diário de Bordo: "Faltou água potável no Netuno. Para matar a sede, comemos peixe cru, carne de gosto inusitado, que não se parece com nada que já experimentei na vida. A princípio relutei em comer. Mas a necessidade de água no organismo terminou por me fazer aceitar aquela refeição estranha".

9

A chuva

O Sol já percorreu três quartos da abóbada celeste. São aproximadamente três horas da tarde. O calor é insuportável. Os meninos frequentemente se molham com água do mar para evitar maior queimadura na pele e diminuir a sensação de calor.

Os raios solares, refletindo na água justamente na direção em que eles navegam, prejudicam-lhes a visão, fazendo doer os olhos que lacrimejam constantemente. Nada, entretanto, os detém nem lhes arrefece o ânimo e a vontade de chegar em terra.

Com o cair da tarde começa a soprar uma brisa mais forte, que refresca um pouco a temperatura e também encrespa o mar.

— A maré está enchendo — comentou Márcio.

— Como você sabe? — perguntou Bete.

— Olhe no giro do Sol que você verá as ondas dirigindo-se para o norte... — explicou o irmão mais velho.

— É mesmo — afirmou Lino que também olhava o mar.

— Isto é bom para nós, porque nos ajuda, impelindo o Netuno para a praia.

— Então vamos chegar mais cedo — concluiu Bete.

— É, mas não quer dizer que vamos chegar logo. A distância que nos separa da terra ainda é muito grande...

— Mas já diminuiu um pouco — disse Bete. — Repare que a faixa verde do horizonte já está um pouquinho mais larga.

— Chegaremos lá, Bete. Pode ficar alegre — afirmou Márcio.

Os três pequenos viajantes, ora de pé, ora sentados ou agachados no escaler, veem a terra aproximar-se, mas à custa de muito tempo e esforço em navegar. Há momentos em que o barquinho parece andar ligeiro, mas a terra parece parada... Tão distante ainda está que eles a veem envolta em penumbra ou névoa, indistinta, sem nada delineado. Lino chegou até a duvidar:

— Será que nós estamos vendo terra mesmo, Márcio? Não será engano?

— De jeito nenhum, Lino. Fixe o olhar no ponto mais alto e veja se ele se move, se muda de posição...

Depois de algum tempo o outro respondeu:

— Tem razão. Só pode ser um morro qualquer; não é nuvem.

— Eu não disse a vocês que a distância em água engana? Coragem que amanhã pisaremos em terra, se Deus quiser.

Calaram-se os três. Outros sentimentos os dominavam a todos, muito mais fortes que a dúvida e a vontade de chegar: a fome e a sede que os devoravam. Foi Bete quem rompeu o silêncio:

— Vocês não têm fome nem sede?

— Eu estou calado porque não aguento mais nem fazer esforço para falar... — disse Lino.

— Vamos comer mais peixe cru? — perguntou Márcio.

— Claro! — disseram os outros.

Comeram os peixes que restavam.

O Sol baixava rápido, mas o calor dobrado — o que vinha dele e o que reverberava na água — era abafador e queimava de verdade. Os meninos molhavam-se frequentemente.

Aumentando mais ainda a temperatura, a brisa cessou de correr. A vela do escaler afrouxou e formou ondas do topo do mastro para baixo.

Márcio, vendo isto, olhou o céu e anunciou aos irmãos:

— Vamos ter chuva já!

— Oh! — exclamou Bete. — Mas isto é uma bênção de Deus! Que maravilha!

— Vamos ter água pra beber! — exclamou Lino, por sua vez.

— Vamo-nos preparar para recolher água — disse Márcio.

E, juntando às palavras a ação, foi logo pegando a lona e, com o auxílio dos irmãos, estendendo-a no fundo do escaler, com as bordas levantadas, de modo a formar com ela uma grande bacia. E disse:

— Aqui vamos aparar água para beber e cozinhar quando aportarmos em terra.

Os três olharam para o alto.

Do lado do nascente vinham nuvens escuras que cobriam toda a extensão por onde passavam. Estenderam-se sobre as cabeças dos meninos e se projetaram para o poente, tapando o Sol.

Começaram a cair os pingos de chuva. A princípio em gotas pequeninas que foram engrossando e aumentando sensivelmente. Daí a instantes se transformaram num temporal que chegou a amedrontar os meninos.

— Márcio, não tem perigo não?

— Nenhum, Bete. É chuva simples, não é trovoada.

Tão grosso e pesado era o temporal que os meninos aparavam as gotas nas mãos e bebiam os primeiros goles de água doce por que tanto ansiavam.

Choveu durante mais de uma hora. Quando passou, o barco estava quase meio de água.

Bete apanhou o copo e serviu aos irmãos e bebeu também ela. Fartaram-se de água boa que lhes fizera tanta falta. Depois a menina encheu o garrafão de água, que guardaram com cuidado. Ainda sobrou muita água na lona, mesmo depois que encheram as duas panelas.

Começou o vento a soprar. A chuva foi diminuindo de intensidade. A ventania, nas altas camadas da atmosfera, levou as nuvens para longe e o Sol reapareceu. Já estava baixinho, perto do horizonte.

O barquinho velejava, impulsionado pelo vento.

Os meninos se alegraram porque viram que a terra se aproximava. Agora, sem sede, dominava-os a fome, mas não tinham vontade de comer mais peixe cru.

— Já podemos distinguir os relevos: morros, vales, planícies... — falou Lino.

— Mais alguns instantes e a gente chega lá — disse Bete.

— Vejam! Até as árvores...

— Instantes, não, Bete. Faltam quilômetros. Provavelmente só chegaremos lá à noite.

— É mesmo, Márcio? — admirou-se Lino.

— Não duvide. Veja que o Sol já se põe...

Era o primeiro pôr do sol que eles viam por trás de serras, e não em horizonte de água.

— Graças a Deus, estamos chegando! — exclamou Bete com grande alegria...

— Eu acho que devíamos parar, enquanto temos alguma claridade, para pescarmos algum peixe. Que dizem vocês? — perguntou Márcio.

— Não temos mais comida; só água — falou Bete.

— Já estou parando o Netuno — disse Lino, arriando a vela do escaler.

Márcio lançou no mar a pequena âncora que logo alcançou a terra.

— Que bom que aqui é raso! — exclamou.

— É uma segurança! — exclamou Lino.

— Pelo menos sabemos que não estamos sobre um abismo... Eu não gosto nem de me lembrar! — comentou Bete.

Os dois meninos lançaram os anzóis. E fisgaram as primeiras tainhas. Pescaram uns quatro ou cinco quilos de peixe. Até que pegaram uma pequena arraia que lhes deu trabalho.

Mas os meninos estavam bem instruídos pelos pescadores. Quando a puseram dentro do barco, o primeiro cuidado que tiveram foi de cortar-lhe a cauda e lançar ao mar, para evitarem a terrível ferroada.

Deram-se por satisfeitos.

O dia já findara de todo, e as trevas cobriram o oceano, envolvendo os pequenos navegantes.

Quando as estrelas clarearam um pouco e eles puderam ver a linha sinuosa do horizonte em terra, levantaram a vela e guiaram o Netuno para lá.

Navegaram cerca de duas horas, e, quando a Lua saiu e eles avistaram a praia bem próxima, não contiveram a exclamação de júbilo que ecoou no deserto de água:

— Terra!

— Bendita terra!

— Sagrada terra do Brasil!

Movidos por um sentimento íntimo que os impelia e dominava, fizeram o sinal da cruz e silenciaram por um instante.

Quando despertaram, abraçaram-se os três, e perceberam uns nos outros que as lágrimas lhes lavavam os rostos.

Foi Márcio quem falou:

— Todos estamos loucos de vontade de pisar em terra, pular no chão. Mas não vamos fazer isto hoje: nós não vimos casa nem gente. Esta é uma praia deserta. Quem sabe se não tem bicho feroz, cobra... Nós já escapamos de muitos perigos, não vamos arriscar-nos a uma derrota. Além disso, pode ter areia movediça... Na minha opinião chegaremos perto da praia e ancoraremos aí. Onde o barco encalhar arrastado na areia, aí ficamos e dormimos, concordam?

— Meu irmão — falou Bete, imprimindo seriedade às palavras —, você é o mais velho e mais experiente. É seu o comando do Netuno e dos seus tripulantes...

Os irmãos riram do modo como falou a menina e todos acertaram de não descer do escaler.

— Todos estamos com fome. Vocês querem comer peixe cru ainda uma vez? — perguntou Márcio.

— Se pelo menos tivéssemos tempero... — suspirou Lino.

— Meu estômago quer algo cozido ou assado! — exclamou Bete.

— Para falar a verdade — concluiu Márcio —, eu também prefiro ficar sem comer.

Deste modo, resolveram dormir com fome.

O Netuno chegou à praia e arrastou o casco no chão. Márcio lançou no mar a âncora, amarrou-a no pé do mastro e dispôs todas as coisas em ordem. Beberam água da que ainda restava na lona, jogaram fora o resto; Márcio tirou a tábua que servira para equilibrar o barquinho, colocando-a no meio do lastro, onde serviria de cama para Bete, estendeu a lona ao comprido do escaler e os três se sentaram a reviver os últimos episódios.

— E a nosso pai e seus amigos, que terá acontecido? Eu estou preocupada... — disse Bete chorando.

— Eu também estou tão preocupado! — exclamou Lino.

— É natural que a gente esteja preocupado. Mas vocês estejam certos de uma coisa: eles se salvaram muito antes de nós. O que agora me preocupa é a agonia que eles devem estar passando, por nossa causa. Quem sabe o que eles estão fazendo? Mas, a esta altura, nós já em terra, temos certeza da vitória e da alegria que eles vão sentir quando nós chegarmos sãos e salvos. Pensem nisto que é melhor do que pensar na sorte deles. Creio que eles estão em terra desde o primeiro dia. Estou certo disto. E agora somos nós que estamos em terra, graças a Deus.

Bete já cochilava.

Acomodaram-se os três sob a lona, enrolados em seus cobertores e adormeceram.

A brisa soprava com certo vigor, mas, batendo no escaler pela popa, quase não o abalava, e por isso não prejudicava o sono dos meninos; ao contrário, embalava-o.

No alto do céu as estrelas piscavam olhando o Netuno com os três náufragos, e o Cruzeiro do Sul, em posição vertical, os abençoava.

10
Um dia de descanso

O Sol, quente já aos primeiros raios, despertou os meninos. Quem primeiro acordou foi Bete. Levantou a cabeça e olhou o tempo. Não ouviu o mar bater no barco e ficou assombrada. Chamou os irmãos que dormiam dos dois lados:

— Márcio! Lino! Acordem!

Eles se ergueram de um pulo. E os três riram e se abraçaram, numa demonstração de felicidade como poucas vezes tinham experimentado.

E pularam no chão enxuto, pois a maré vazia deixara o Netuno em terra firme.

Esquecidos da fome que sentiam, correram a esmo pela praia, levados pelo simples prazer de estar em terra, livres do abismo das águas sobre que pairaram tantas horas.

Cansados, regressaram ao barco e Márcio falou:

— Estamos praticamente há três dias sem comer, apenas mantendo a vida com grande economia de comida.

— Vou cozinhar peixe — disse Bete.

— Vamos procurar um abrigo, uma árvore, e acampar — disse Márcio.

— Olhe ali uma boa sombra — indicou Lino.

Os outros concordaram e começaram a transportar para lá as coisas necessárias a um acampamento e refeição. Bete apanhou os peixes e começou a tratá-los ali mesmo; Márcio tomou a lona e o facão; Lino apanhou sal e fósforo e uma panela.

Enquanto Márcio buscava garranchos secos para fazer um fogo, Lino procurava pela praia umas pedras para servirem de trempe. Achou-as e trouxe-as para o acampamento.

Bete lavou os peixes no mar, depois, enxaguou-os com água da panela, e, salgando-os, começou a fritá-los em água pura. Disse:

— É peixe "de água e sal", porque não tem nenhum tempero... Aliás, o sal está no fim.

— O tempero nós temos — disse Márcio — uma fome de três dias...

Bete apanhou os peixes e começou a tratá-los; Márcio tomou a lona e o facão; Lino apanhou sal, fósforo e uma panela.

Riram da brincadeira, e sentaram-se a aguardar com ansiedade a hora de provar o peixe frito.

Não demorou muito, e os três comeram peixe sem outra mistura que não o sal e a fome.

Beberam água e deram o primeiro passeio pela praia.

— Parece que é uma praia deserta — disse Márcio. — Não vejo sinal de gente.

— Nem eu — concordou Bete.

— Acho melhor a gente tomar o barco e navegar para o norte, donde viemos — propôs Lino.

— Eu tenho outra ideia, Lino — falou Márcio. — Vamos descansar hoje, e amanhã navegaremos. Vocês concordam?

— Será bom, Márcio. Mas, e nossos pais? — opôs Bete.

— Eu também penso na agonia que eles passam, mas nós estamos esgotados de cansaço... — comentou Lino.

— Eles estão salvos, sem perigo; nós é que perigamos. É bom refazermos nossas forças — aconselhou Márcio.

— Então vamos ficar — concordaram os outros.

— Neste caso vamos explorar a praia para o norte e para o sul — disse Márcio. — Lino, apanhe sua faca que eu levo o facão. Vamos os três juntos. Ninguém se afasta dos outros. Qualquer coisa que encontrarmos, qualquer perigo que corrermos, estaremos ao lado um dos outros.

Andaram para o sul e nada viram que lhes chamasse a atenção. Voltaram e dirigiram-se para o norte. A praia era mais limpa, mas também dava ideia de ser mais deserta ainda. Andaram muito, talvez uns dois quilômetros ou mais. Chegaram a um trecho de praia coberto de pedras em grande extensão. Pararam aí.

— Não seria bom trazer nosso acampamento para cá? — perguntou Lino.

— Eu tenho a mesma ideia — apoiou Márcio.

— E eu não discordo — falou Bete.

Voltaram, puseram as coisas no Netuno e vieram de barco para a pedreira.

— Olhem a riqueza que encontramos aqui — disse Márcio, indicando o que via em cima das pedras.

Na parte mais baixa da pedreira, sobre certas pedras chatas e planas, a água do mar, na maré cheia, ficara empoçada em fina camada. O Sol do dia evaporou a água e deixou o sal que alvejava sobre as pedras. Colheram-no os meninos e o guardaram, pois o que trouxeram já estava no fim, como informou Bete.

Pela posição da sombra, debaixo dos pés, compreenderam que era meio-dia, mais ou menos. Fizeram um fogo sobre as pedras e assaram peixe. Foi o almoço. Dormiram a sesta à sombra de uns arbustos e quando acordaram era tardezinha.

A maré enchia.

O barco que eles arrastaram até a areia, agora boiava preso à âncora e amarrado a um pau que eles fincaram no chão.

— Bete — falou Márcio —, nós vamos pescar um pouco para o jantar e você prepare um fogo para cozinhar; nossa única opção é peixe... Aqui na beira da água, com a maré enchente, Lino, você vai ver que só aparece robalo; não dá outra espécie de peixe...

— E robalo não é bom peixe?

— Serve, mas não é dos bons. Vamos lá.

Foi Lino quem pegou o primeiro, e, jogando o anzol com o peixe em terra, partiu para pegá-lo de mão.

— Não faça isto! — gritou Márcio.

— Por quê? — perguntou o irmão, parando espantado.

— Observe... — disse Márcio. E puxou um pouco a linha. O peixe se batia no chão, pulando para cima e eriçando numerosos esporões da barbatana dorsal.

— Está vendo?... — continuou Márcio. — Se a gente o pega desprevenido, ele enfia tudo aquilo na mão da gente, e a dor é insuportável.

— Rapaz! — admirou-se Lino.

O irmão mais velho pegou um pedaço de pau e com ele deu umas pancadas na cabeça do robalo; depois, pegando-o com jeito, tirou o anzol e jogou o peixe para longe da água.

A vara do seu anzol, que ele deixara fincada na areia, estava com a linha esticada. Ele suspendeu-a e jogou a presa na areia.

— Eu não lhe disse? Aqui só dá robalo...

Pescaram mais uns três ou quatro e se deram por satisfeitos.

O Sol já se punha.

Bete acendera um fogo em lugar alto e para lá os irmãos

levaram os peixes. Trataram-nos à luz do fogo, e a menina preparou o jantar.

Depois da refeição andaram um pouco à luz das estrelas e resolveram dormir. Deitaram-se na parte mais alta da pedreira aonde a água não chegava, e onde uma assentada plana lhes serviria de cama. Forraram a pedra com a lona e enrolaram-se nos cobertores. A irmã no meio e os dois nos lados, dormiram tranquilos, ouvindo o barulho do mar, quebrando nas pedras, e sentindo a fresca da brisa que lhes trazia uma agradável sensação de bem-estar, liberdade e segurança.

Quando despertaram, o Sol brilhava intensamente e se refletia, como num espelho, nas águas do oceano.

O vento, quase parado, enrugava apenas a superfície líquida, levando para terra aquelas rugas de poucos centímetros de altura, que se desintegravam ao se embeberem na areia da praia.

Os três irmãos levantaram-se.

— Precisamos pensar em algo melhor para comer — falou Márcio. — Já estamos fartos de comer peixe sem nada para misturar.

— Poderíamos entrar pelo mato a ver se encontramos alguma fruta, não acham? — perguntou Lino.

— É boa ideia e devemos aproveitá-la — confirmou Márcio. — Quem sabe? Poderemos até encontrar pista para alguma fazenda, alguma roça ou casa...

Levantaram-se; e, portando facão e faca, embrenharam-se pelos matos.

Andaram muito, sem nada ver que lhes chamasse a atenção; apenas ouviam pios de passarinhos e guinchos de macacos e saguins.

Subiram a um morro e de lá não avistaram mais do que tinham visto até então: a mesma paisagem de mato ralo sem uma árvore de porte que parecesse uma fruteira qualquer.

Voltaram desanimados e comeram fritos os peixes que haviam sobrado da véspera.

— Vamos embora — disse Márcio. — Aqui não encontramos nada para comer além de peixes. Procuraremos adiante. Temos de achar.

Puseram as coisas dentro do Netuno, içaram a vela para

aproveitar a brisa que soprava com bastante força, e continuaram a velejar para o norte.

— Acompanhando a linha de areia da praia! — recomendou Márcio a Lino que ia no leme. Tendo saído do alto-mar, eles agora tinham verdadeiro horror a águas profundas. Daí a recomendação do irmão mais velho, tão bem-aceita pelos outros.

11
Velejando para o norte

O Netuno cortava as águas rumo ao norte. Não era uma viagem muito serena, pois as ondas, vindas do lado direito, batiam de chapa no costado do escaler, fazendo-o balançar muito. Entretanto, perto da praia como ia o pequeno barco, não havia perigo algum, pois a água era rasa e eles viam a terra bem perto, e a areia embaixo também era visível. A tranquilidade e a segurança eram agora as companheiras dos pequenos navegantes.

Viajaram muito tempo.

Sem um relógio que lhes indicasse a hora, a noção de tempo lhes era dada somente pelo Sol e pela fome.

Atentos mais à terra que ao mar, examinavam tudo o que avistavam, a ver se descobriam alguma novidade, algo diferente.

— Não serão coqueiros aquelas palhas ali? Parecem, não? — perguntou Márcio.

— Parecem... — duvidou Bete.

— Chegue mais perto, Lino — ordenou Márcio.

O irmão mais moço, que continuava guiando o barco, virou o leme para a direção da terra.

— Não, não são coqueiros — concluiu Márcio. E acrescentou: — Aquilo é piaçava. É uma espécie de coco-do-mato.

— Então vamos ver se têm frutos... — opinou Bete.

O Netuno já abicava na praia. Os dois irmãos saltaram armados de facão e faca, e correram para os pés de piaçava. Sorriram, e Lino gritou para a irmã, que ficara no barco:

— Temos coco! Temos coco!

Realmente os pés de piaçava eram três e estavam carregados. Cada pé tinha quatro ou cinco cachos.

— Vamos levar todos os cachos — opinou Lino.

— Não. Só os maduros e os secos. Este que você cortou não presta: está verde demais; pode deixá-lo aí. Corte os outros dois desse pé... estão bons.

Cortaram ao todo sete cachos que levaram para o barco. Lá chegando, Márcio abriu logo uma porção de cocos, servindo-se do facão, e começaram a comê-los.

— Agora, sim — falou Márcio — estamos comendo uma comida forte. Coco tem óleo que alimenta.

— Tem razão, Márcio — acrescentou Lino —, o óleo de coco é alimentício; sempre ouvi meu pai dizer isso. E ele acrescentava que quem come coco fica com muita resistência...

— É justamente disso que precisamos — concordou Márcio.

Coco de piaçava foi o almoço.

O Sol já pendia.

— Vamos viajar? — foi o convite de Bete.

— Vamos — responderam os irmãos.

Puseram cinco cachos de coco dentro do Netuno, içaram a pequena vela e zarparam com brisa forte favorável.

— Vamos acompanhar a costa como estamos, que um dia chegaremos a um lugar — afirmou Márcio.

— O problema é só paciência, pois de fome a gente não morre — concordou Lino.

— Não é possível que não achemos fruta para adiante. Temos de achar — falou, convicta, a menina.

O Netuno, impulsionado por generosa brisa, singrava as águas com velocidade.

Os três meninos calaram-se. Bete e Márcio começaram a cochilar, e dentro de instantes dormiam profundamente. Lino, responsável pela direção do escaler, continuava vigilante, atento a tudo o que se passava em volta, e a todos os aspectos que assumia a paisagem da terra.

Sem querer, viu o barco afastar-se da praia, parecendo que ia mar adentro. Observou com atenção o que se passava, e percebeu que a costa fazia uma curva que as águas do mar naturalmente acompanhavam. Virou o leme e fez o barquinho voltar e acompanhar de perto, como vinha, a praia onde as ondas quebravam. "Deve ser uma enseada", pensou e disse para si mesmo, sem acordar os irmãos.

Era uma enseada, realmente. Por ela entrou o Netuno, levando os três tripulantes aventureiros.

O mar sem ondas daquela pequena baía permitiu que o barquinho corresse muito. Dentro de uma hora atingiu a curva da enseada. Nada viu o menino que lhe despertasse a atenção. "Que lugar lindo!" — exclamou no íntimo. — "Como é que aqui não mora ninguém?! Não pensei que estivesse deserto..."

Acompanhou a curva da enseada, e tratou de sair dali. Quando chegava em mar aberto, Márcio acordou. Levantou-se e cochichou ao ouvido do irmão:

— Vá descansar um pouco, que eu guio o Netuno.

Lino deitou-se e dormiu logo.

O escaler, que viajara sereno na enseada, agora balançava muito com as pancadas das ondas no casco, do lado direito. Bete acordou com os estremeços. Olhando Márcio, cuja figura se desenhava no firmamento, a menina exclamou com emoção, as lágrimas nos olhos:

— Como você está magro, meu irmão! Agora é que estou reparando...

— Também você está magrinha, minha irmã. E olhe o Lino! Talvez seja o mais magro de nós três...

— Estamos magros e queimados do sol!

— E não é para menos: a fome tem sido terrível e o Sol nos castiga demais!

Bete virou o rosto, chorando.

— Não fique triste, minha irmã; penso que os nossos padecimentos estão chegando ao fim.

— Assim espero; e confio em Deus.

Fizeram silêncio. Só se ouvia o bater das ondas no lado do escaler.

— Ali há umas árvores grandes, Bete, olhe.

A menina olhou na direção apontada.

— Serão frutíferas aquelas árvores? — perguntou.

— Vamos verificar — disse Márcio, guiando para lá o escaler.

— Cajus! Cajus! — gritaram a plenos pulmões.

Lino acordou com os gritos.

O escaler encostou em terra. Enquanto Márcio o amarrava, os dois irmãos correram para os cajueiros e colheram os primeiros frutos.

— São azedos! — disse Bete, fazendo uma careta.

— Tem razão — concordou Lino.

— Isto é cajuí! — exclamou Márcio, que já experimentava um fruto. — É azedo, mas é bom e é alimentício. Tem tanta vitamina quanto o caju doce.

— Eu estou gostando — disse Lino.

— Vamos chupar e levar tudo o que a gente puder — aconselhou Bete.

— Se não fosse cajuí — deduziu Márcio —, que dá no mato sem ser plantado, haveria gente aqui por perto. Caju doce é sinal de gente na vizinhança.

— Isso nos faz pensar que estamos longe de encontrar gente! — exclamou Lino.

— Mais longe já estivemos, meu irmão — confortou-o Márcio.

Apanharam uma porção de cajuís.

A tarde caía. Lino, olhando o Sol, que já esfriava, opinou:

— Vamos acampar aqui?

— Se vocês querem, eu concordo — respondeu Márcio.

— Que diz você, Bete? — perguntou Lino.

— É bom, sim. Pelo menos temos fruta para chupar... pode ser até que encontremos outras espécies por aí...

Márcio foi ao mar e amarrou bem preso o escaler. Voltou de lá trazendo a lona e uma porção de coisas. Cortou no mato uns paus e improvisou uma armação de barraca que cobriu com a lona, limpando bem o chão por baixo.

Lino apanhou uns galhos secos de árvore e preparou lenha para um fogo.

Depois os dois irmãos foram pescar, enquanto a irmã cuidava da "casa".

Havia umas pedras dentro da água. Sobre elas subiram os meninos e de lá jogavam os anzóis. Tiveram a sorte de pegar oito boas tainhas, que trouxeram para o acampamento.

Enquanto Bete preparava o jantar, fritando os peixes, Márcio cortava cocos de piaçava cuja polpa alva Lino tirava com a faca e punha noutra panela.

Comeram com muito apetite aquele jantar que constou de tainha frita com coco de piaçava. Completaram a refeição com alguns cajuís. Dormiram ao abrigo da barraca. O Sol os despertou logo cedo.

Sentindo-se bem-dispostos, descansados, eles se levantaram e Márcio propôs o primeiro trabalho:

— Vamos reconhecer o lugar para ver se descobrimos vestígio de gente ou, pelo menos, para ver se achamos alguma fruta silvestre que nos varie um pouco o cardápio...

Os irmãos riram da brincadeira, mas concordaram. Saíram a princípio pela praia na direção do norte, sempre naquela direção, pois sabiam que estavam voltando para Salvador. Andaram muito e nada viram. Depois, penetrando um pouco para o interior, saíram num descampado de vegetação rasteira, dentre a qual se salientava uma espécie de rama que se estendia pelo chão, de folhagem verde, de um verde intenso. Nos caules que se elevavam do chão alguns decímetros, viram umas frutas de coloração roxa, do tamanho de nozes.

— Isto é guajeru — disse Márcio. — Come-se a fruta e a amêndoa que há no caroço.

— Na falta de outra — disse Lino experimentando uma —, é uma fruta gostosa...

— Na situação em que nós estamos — falou Bete — qualquer fruta é bem-vinda.

— Vejo ali outra de que vocês vão gostar — apontou Márcio. — É cambuí.

Marcharam todos para lá.

— Esperem! Não cheguem perto! — gritou Márcio.

— Que é? — perguntou Bete.

Márcio não deu a resposta. Sacou do facão e desceu-o com violência sobre o pé de cambuí. Um bicho caiu no chão estrebuchando.

— Que foi que você fez, Márcio? — perguntou Lino.

— Ora, meus irmãos, um camaleão azul, e dos grandes! Ele estava comendo cambuí. Vamos ter um bom petisco para o almoço... — respondeu Márcio, apanhando do chão o sáurio, que ainda estava vivo, mas já incapaz de fugir.

— E se come este animal, meu irmão? — perguntou Bete, aproximando-se e examinando o camaleão.

— Come-se e é gostoso. Vocês vão ver — respondeu

65

Márcio sacou do facão e desceu-o com violência sobre o pé de cambuí.

Márcio. — Eu acho mais gostoso do que galinha. É uma delícia!

Baixaram-se os três e ficaram algum tempo a examinar o réptil, que acabava de morrer.

— Parece que está gordo — disse Lino.

— Deve estar, porque é tempo destas frutinhas do campo de que ele se alimenta. Mas vamos embora que está ficando tarde. Colheram cambuís e guajerus quantos puderam conduzir e levaram para o acampamento. Márcio levou o camaleão.

12
Areia movediça

Em menos de meia hora chegaram ao acampamento.

— É pena que não temos tempero, feijão e farinha, para vocês verem quanto é gostoso o camaleão frito! — lamentou Márcio. — Mas, mesmo sem essas coisas, se estiver gordo, vocês vão gostar.

— É um bicho tão feio, Márcio! — exclamou Bete.

— Tirado o couro, você vai ver que a carne é muito bonita. Lino, me dê sua faca e vá ao mato tirar umas varinhas. Leve o facão.

O irmão saiu.

Márcio, munido da faca, começou a tirar o couro ao camaleão. Antes de acabar, chegou Lino com as varinhas.

— Depois vamos espichar o couro, que levaremos como lembrança desta passagem de nossa viagem e da fome que passamos — comentou Márcio.

Terminado o trabalho de esfola do sáurio, Márcio levantou-o no ar e mostrou-o aos irmãos:

— Vejam como a carne é bonita! Tem uma coloração creme que dá vontade de comer, não?

— É bonita, Márcio. Não pensei — respondeu Bete.

— Estou desconfiado de uma coisa e quero ver se é verdade... — acrescentou Márcio, meditando. Tomou a faca e com ela abriu o ventre do camaleão. Para surpresa dos outros dois apareceram enormes gemas cor de ouro.

— Eu não disse?! — exclamou Márcio. — Eu não disse que estava desconfiado?! É fêmea e está gorda e cheia de ovas.

— Que beleza, meninos! — exclamou Bete.

— Vamos ter um almoço e tanto! — exclamou, por sua vez, Lino.

Márcio terminou o trabalho, tirando as ovas do camaleão fêmea, e, limpando-o das partes não comestíveis, partiu-o em pequenas postas e entregou-o à irmã. Bete lavou-o, salgou-o e colocou-o na panela para tomar gosto. Depois perguntou aos irmãos:

— Que querem almoçar?

— Ainda tem peixe? — quis saber Lino.

— Tem algum — respondeu ela.

— Vocês querem peixe assado? — perguntou Márcio.

— Queremos — responderam os dois.

Bete preparou uns assados de peixe.

Eram aproximadamente duas horas da tarde quando almoçaram.

— Vocês têm vontade de continuar viagem ou preferem descansar hoje à tarde, aqui mesmo? — perguntou Márcio.

Bete foi quem respondeu:

— Eu acho que todos nós estamos muito cansados. Vocês têm trabalhado demais. Vejam que não param nem descansam o espírito das preocupações. Vamos dormir aqui mesmo e amanhã a gente viaja.

— Está bem, Bete. Eu concordo com você — falou Lino.

— Ainda que eu quisesse prosseguir viagem, respeitaria a vontade de vocês que são a maioria. Dormiremos; mas antes vamos pescar.

Márcio e Lino tomaram os anzóis e foram ao mar. Bete ficou arrumando as coisas e preparando a barraca para o repouso da noite. "Só o trabalho de desarmar esta barraca e armá-la em outro lugar" — murmurou Bete consigo mesma — "levaria o resto da tarde, e a noite nos surpreenderia...".

Os meninos não demoraram. Traziam nas mãos uma porção de peixes: robalos, tainhas e até um vermelho de mais de quilo.

Chegando ao acampamento, ajudaram a irmã a tratar os peixes, pois reconheceram que ela devia também estar cansada.

— Vamos lavar os peixes no mar — disse a menina —, pois a água de reserva está pouca, e ninguém sabe do futuro. Márcio e Lino espicharam o couro do camaleão. Antes que o dia escurecesse de todo, Bete preparou os peixes e serviu o jantar: peixe assado com coco de piaçava. Chuparam depois uns cambuís e uns guajerus e se sentaram à luz do fogo, conversando e ouvindo o barulho do mar.

Foi diminuindo de intensidade a labareda do fogo, e os meninos perceberam que os aclarava, ainda que fracamente, a luz das estrelas.

A monotonia do quebrar das ondas na praia e o cansaço e sofrimento de tantos dias venceram-nos em breve, e eles entraram sob a barraca, deitaram-se e dormiram.

Acordaram antes da aurora.

Segundo o plano traçado na véspera, só iriam acampar muito longe dali: viajariam todo o dia, só encostando na praia para cozinhar o camaleão.

Comeram o restante dos peixes com coco, chuparam umas frutas e arrumaram as coisas no escaler. Zarparam.

Quando o Sol apareceu e se elevou acima das águas do oceano, já o Netuno estava longe do lugar onde estivera amarrado.

Os três irmãos iam alegres, animados por uma esperança que eles mesmos não sabiam explicar donde vinha.

Depois de umas quatro horas de viagem, o Sol já a meio da subida para o ponto mais alto, quente, a queimar o rosto e os braços dos viajantes, apareceu à vista dos meninos uma reentrância no mar, como uma minúscula enseada. Ao fundo eles avistaram uma porção de árvores frondosas, a cuja sombra lhes acodiu o desejo de repousar um pouco.

Márcio, que ia no leme, dirigiu para lá o Netuno, pois viu que era desejo geral chegar até aquelas árvores.

Já pertinho da linha de terra, Lino, sem esperar que o barquinho parasse de todo, saltou, ainda dentro da água rasa, e quis andar. Puxava uma perna, para mudar o passo, mas, em vez da perna subir, a outra é que descia mais; puxava a outra, e descia mais ainda... Quando viu que não conseguia nada, gritou pelos irmãos.

— Márcio! Bete! Socorro!...

Os dois olharam, e Márcio num relance compreendeu tudo. Deu um remo a Bete, deram volta ao escaler rapidamente e avançaram para o lugar onde estava Lino. A água já atingia o pescoço do menino. Ele, com os braços levantados, nada podia fazer: era incapaz de um movimento que pudesse melhorar sua situação.

O Netuno chegou e encostou de lado.

Márcio ajoelhou e pegou o irmão pelos dois braços. E gritou:

— Bete, sente-se na beira do Netuno, do outro lado! Rápido!

A menina compreendeu e de um pulo estava sentada.

Márcio falou ao irmão:

— Não se afobe, nem faça força. Relaxe e fique mole. Deixe que eu suspendo você.

Lino, vendo que tinha parado de descer, compreendeu que o irmão tinha razão. Amoleceu os membros, respirou tranquilo e ficou quieto.

Márcio começou a suspendê-lo, a princípio, de joelhos como estava. O corpo foi subindo, apareceu o busto, depois a barriga... Márcio ficou em pé e continuou puxando lentamente, num movimento uniforme, sem parar uma fração de segundo. Apareceram as coxas do irmão.

— Ponha um pé dentro do barco — disse Márcio.

Lino obedeceu.

— Agora puxe a outra perna... — concluiu.

Lino pisou o outro pé no escaler e abraçou o irmão, chorando.

Os dois ficaram longo tempo abraçados, sem dizer uma palavra. Bete os olhava à distância, os olhos rasos de lágrimas. Foi ela quem rompeu o silêncio:

— Como foi isto, Lino?

— Não sei explicar — respondeu o menino.

— Mas eu sei — afirmou Márcio. — Vamos sair daqui quanto antes.

— Não quer mais descansar naquelas sombras? — quis saber Bete.

— Por que tem pressa de sair daqui, Márcio? — insistiu Lino.

— Não se afobe, nem faça força. Relaxe e fique mole. Deixe que eu suspendo você.

— Depois eu explico — disse Márcio, dando apressadamente um dos remos ao irmão e comandando: — Reme com força!

E os dois impeliram o Netuno de volta ao mar aberto, para onde Bete, no leme, o guiou.

Quando saíram na curva da pequena baía, Márcio colocou a vela em posição favorável ao vento e, sentando-se junto à irmã, para onde puxou o irmão, que também se sentou, falou emocionado:

— Você nasceu de novo, Lino. Estava sendo engolido pela areia movediça... ia se afogar!

— Areia gorda?! — exclamou Bete.

— Sim. É a mesma coisa...

— Eu pulei e senti que aquilo não era terra nem era água... — explicou Lino. — Era um líquido diferente: não tinha consistência nenhuma... a gente pisa e não acha em quê... quer mudar a passada, mas o pé não levanta; o outro é que afunda. Parece que uma força puxa a gente para baixo...

— É isso mesmo. Daí o nome de areia movediça, porque se move, ou de areia gorda, porque parece uma gordura que escorrega... — explicou Márcio, acrescentando: — Não há vivente que se salve. Só uma força vinda de fora é capaz de salvar a quem cai na areia movediça.

— Eu lhe devo a vida, meu irmão — disse Lino, abraçando-se a Márcio.

— Daí o horror que eu tive por aquele lugar, o que vocês não entendiam.

Bete juntou-se aos dois, abraçando-os ao mesmo tempo, e, num pranto incontido, exclamou:

— Como chegaríamos nós dois em casa sem você, Lino, depois de vencermos tantas dificuldades?! Agradeçamos a Deus estarmos aqui juntos novamente!

Silenciaram os três numa prece muda.

O Netuno, deixado livre, foi levado pelas ondas e se arrastou na areia. Os tripulantes aventureiros riram de ver que o escaler fora esquecido e encalhara na praia.

Os dois meninos saltaram em terra e empurraram o barco de volta ao mar.

— Vamos sair daqui o mais rápido possível! — pediu Lino.

— Vamos embora — concordou Márcio. E guiou o barco para o mar, entregando o leme ao irmão, para distraí-lo.

— Onde quiserem vamos descer para almoçar — disse Bete.

— E é camaleão! — exclamou Márcio.

Avistaram adiante uma vegetação diferente, e Márcio, conhecendo-a, gritou para os outros:

— Vamos ter refeição variada, turma!

— Por quê? — quis saber Lino.

— Aquilo é mangue. Vamos ter caranguejo e aratu, prato novo...

Rumaram para lá e encostaram. Lino tomou um remo e sondou a areia.

— É firme — disse.

Saltaram todos, e Márcio amarrou o Netuno.

13
Junto ao mangue

É quase meio-dia. Com a terrível emoção vivida no episódio da areia movediça, os meninos esqueceram a fome, que só agora, pisando em terra firme outra vez, sentiram roer-lhes as entranhas, exigindo alimento.

— Márcio — falou Bete —, arranje lenha; e você, Lino, procure uma trempe. Vamos fazer fogo para preparar o almoço.

Os dois se afastaram, cada qual numa direção, e daí a pouco voltaram. Traziam as pedras e a lenha.

Márcio cortou uns paus secos em pedaços e Lino, com a faca, dividiu um em taliscas para facilitar a queima, de início. Não demorou que as labaredas subissem entre as pedras, sobre as quais Bete ajeitou a panela.

Enquanto o camaleão fervia Bete escrevia o diário. Entre as coisas que escreveu pôs a frase: "Lino quase morre tragado pela areia gorda. Se isso acontecesse eu teria enlouquecido.

Deus nos ajudou a tirá-lo quando só estava fora da água a cabeça e os braços, levantados...".

Uma hora de fervura e Márcio, com uma faca, experimentou:

— Está cozido — disse. — É hora de pôr as ovas. Mais dez minutos e está pronto.

Daí a pouco saboreavam o guisado de camaleão. Márcio perguntou:

— Que tal estão achando?

— Ótimo! — exclamou Bete.

— Uma delícia! — foi a exclamação do outro.

— Experimentem as gemas — aconselhou Márcio.

Cada um tomou uma das ovas e saboreou.

— Outra delícia! — disse Bete.

— É mesmo — disse Lino, e acrescentou: — Você tinha razão, Márcio, quando nos disse que camaleão é gostoso. Realmente é um bom prato.

Os três irmãos comeram enquanto havia carne ou ovas na panela.

Depois do almoço Márcio propôs:

— Agora vamos pegar uns caranguejos para variar o cardápio, pois já ninguém tolera peixe, concordam?

— Naturalmente — respondeu Bete.

— E como os guardaremos? — quis saber Lino.

— Cozidos — disse Márcio. — Bete, ponha água no fogo.

— Que água? Não temos mais...

— Do mar. Na falta de outra — explicou Márcio.

Os dois entraram no lamaçal do mangue, e Bete pôs a panela com água no fogo.

Dentro de meia hora, os meninos voltaram com uma porção de caranguejos.

— Estão mortos? — perguntou a menina.

— Naturalmente; assim é melhor para lavar.

— Como mataram? — quis saber Bete.

— É simples — respondeu Lino —, basta enfiar a ponta da faca no peito... Ficam inertes e a gente lava sem perigo de ser mordido.

Lavaram os caranguejos no mar e trouxeram para cozinhar. Na panela não coube todos.

Voltaram ao mangue e pegaram outro tanto. Cozinharam em quatro vezes; ao todo uns quarenta ou cinquenta caranguejos.

— O sal também já acabou, Márcio — informou Bete.

— Para os caranguejos não é necessário, pois os cozinhamos em água do mar; mas precisamos ter sal; vamos apanhá-lo nas pedras daqui para diante.

— Logo aqui perto há uma pedreira — informou Lino.

— Vamos até lá, Márcio, enquanto Bete acaba o seu serviço.

Saíram os dois e desapareceram atrás de umas pedras altas. Não se passaram cinco minutos, Bete chegou correndo, para espanto dos irmãos.

— Que houve? — perguntou Márcio.

— Não quero ficar sozinha...

— Não faz nenhum receio... — disse Lino.

— Mas eu tenho medo...

— Então nos ajude a catar sal — pediu Márcio. — Voltaremos para lá juntos, como, aliás, estivemos até hoje.

Em cima das pedras, ao longo de toda a pedreira, os meninos puderam apanhar bastante sal. Em qualquer reentrância onde a água do mar estivera empoçada e o Sol secara, havia sal a apanhar.

Quando voltaram, o Sol pendia muito. A tarde já esfriava.

— Minha vontade era de continuar viagem hoje — manifestou-se Márcio. — Mas é tarde. Não vamos viajar à noite, porque podemos dar outra vez em areia movediça.

— Márcio, não lembre uma coisa dessas! — reclamou Lino. — Deus nos livre de outra...

— Nem é bom pensar! — exclamou Bete.

— Vamos dormir aqui hoje — propôs Márcio. — Mas, proximidade de mangue é lugar de muriçoca. Precisamos fazer fumaça para espantá-las.

Armaram a barraca, comeram caranguejos como jantar; reforçaram a refeição com cocos de piaçava, que ainda tinham, e prepararam-se para dormir.

As muriçocas não atacavam de duas nem de três, mas aos enxames. Dois fogos acesos, um de cada lado aberto da barraca, alimentados com lenha e bagaço de mangue, faziam bastante fumaça que espantava os insetos, não lhes permitindo entrar sob a barraca onde os meninos dormiam.

A certa altura da madrugada, Lino gritou assombrado, pedindo socorro. Márcio e Bete acordaram com os gritos do irmão, e procuraram acalmá-lo.

— Está sonhando, Lino? — perguntou Márcio.

— Sim. Sonhei que estava me afogando... — respondeu o outro chorando.

— Foi um pesadelo, meu irmão. Aqui estamos em terra firme, não tenha medo. Demais, eu e Bete estamos aqui com você.

— No sonho eu gritava, e você demorou a chegar...

Márcio abraçou o irmão, comovido:

— Durma outra vez, e não tenha medo...

A Lua vinha saindo, fria como se trouxesse gelo e o espalhasse no ar.

— Estou com uma sede terrível, Márcio — disse Lino.

— Também eu — acrescentou Bete.

— Então somos três com sede. — concluiu Márcio. — Mas vamos tentar dormir que as horas passam ligeiro.

Silenciaram.

O organismo humano suporta dormir com fome, mas se a sede aperta, é difícil o sono chegar. Foi o que aconteceu aos pequenos náufragos. As horas se escoaram e eles não conseguiram mais dormir.

Quando os primeiros clarões começaram a espantar as trevas da noite no oriente, Márcio, percebendo que os outros também estavam acordados, fez-lhes um convite:

— Vamos zarpar, senão a gente morre de sede; temos de encontrar socorro para a frente...

— Vamos! — concordaram os outros.

Levantaram-se e em poucos minutos puseram as coisas no escaler.

Soprava uma brisa levíssima, pelo que os dois meninos tiveram de usar os remos para avançar mais rapidamente; Bete ia no leme.

Um frio cortante passava no ar, que fazia os meninos se encolherem, de vez em quando; especialmente a menina o sentia mais forte, pois, no seu trabalho, despendia pouca energia e fazia menos esforço que os dois remadores.

Mas o Sol não demorou a sair para esquentar o ar, com seu calor generoso, e clarear tudo, com sua luz.

— Já viajamos um bom pedaço — falou Márcio —, mas, se vocês aguentam, nós vamos quebrar o jejum mais adiante, pois hoje devemos viajar muito, do contrário, vamos levar uma vida para encontrar gente. Que acham?

— Vamos viajar — disse Lino.

— Por mim só vamos parar para beber água onde acharmos.

A brisa começou a soprar mais forte. Márcio e Lino descansaram os remos, e Bete propôs:

— Vamos comer caranguejo viajando? — Assim não perdemos tempo...

E assim fizeram a primeira refeição, revezando-se os três em guiar o Netuno, no leme.

14
Provisão

O Sol já queimava, obrigando os meninos a tirar as camisas, quando a beira-mar, fazendo uma curva para a esquerda, deu aos três irmãos a impressão de que estariam entrando em outra baía semelhante àquela da areia gorda. Mas, olhando à distância, não viram o fim.

— Deve ser um braço de mar — pensou e disse Márcio.

— Vamos ver o fim, mesmo porque atravessá-lo não é boa coisa... quem sabe a profundidade?

— Se for uma baía, eu não quero saltar do barco... — afirmou Lino.

Os outros dois sorriram para tirar do irmão aquele medo.

Viajaram algumas horas e não viram onde ia dar aquela água toda, mas perceberam que o curso se estreitara. Márcio, que observara o fato algum tempo antes, reparava atentamente a coloração do líquido sobre que navegavam.

— Isto aqui não é mar; nós estamos em um rio, meus irmãos. — E, apanhando um pouco da água no côncavo da mão, experimentou-a e concluiu: — Não é água doce ainda, é salobre; mas já não tem a salinidade do mar. Para não morrer de sede alguém já poderia beber. Mas nós vamos viajar mais, que adiante teremos água doce.

Os outros também experimentaram a água e concordaram em viajar mais.

Navegaram mais algumas horas rio acima, levados por um vento que soprava com vigor. Observaram que a correnteza da água era mais forte, o que os animou, pois talvez em breve a água fosse potável. Experimentaram e viram que tinham razão: não chegava mais aí a influência do mar; a água era doce.

Encostaram o Netuno na margem direita do rio e saltaram em terra.

— Aqui, longe da praia — disse Márcio —, é possível a gente encontrar alguma fruta do campo para matar a fome.

— Ainda temos muitos caranguejos — disse Bete.

— Vamos almoçar. Depois procuraremos frutas — opinou Lino.

Sentaram-se e comeram quantos caranguejos havia.

— Vamos aproveitar e tomar um banho? — foi a proposta de Bete.

— É bom, e uma necessidade — disse Lino.

Foi o que fizeram.

Secaram-se depois, caminhando a esmo, em procura de alguma fruta silvestre. Entraram num pequeno bosque e saíram do outro lado, num campo quase limpo, onde vicejavam aqui e ali ouricurizeiros carregados de cachos.

— Temos mais coco! — gritou Márcio.

— Ótimo! Ótimo! — aplaudiram os irmãos.

Com o facão cortaram doze cachos de ouricuri que transportaram pendentes de um pau que Márcio e Lino levaram no ombro. Bete ajudou levando dois nas mãos.

— De fome ninguém morre, pois ouricuri é fortíssimo: tem muito óleo alimentício — afirmou Márcio.

Voltaram ao barco por outro caminho, mais curto e que lhes proporcionou ótimas surpresas. A primeira foi um pé de jamelão de frutos maduros. A outra foi um enxu verdadeiro, enorme, arranchado num pé de serrote assentado no chão.

Prosseguiram caminho sem parar, combinando de vir buscar os dois achados em outra viagem.

Chegando ao rio, junto ao Netuno, aí depuseram os cachos de ouricuri. E voltaram imediatamente ao mato, levando uma panela. Foram primeiro ao jamelão. Lino trepou na árvore e, sacudindo os galhos, derrubou centenas daquelas frutinhas maduras de coloração roxa-escura, mas saborosas. Márcio e Bete cataram uma quantidade incalculável.

Os três chuparam quanto puderam; depois encheram a panela que levariam para o escaler.

E foram à colmeia do enxu. Aproximaram-se, cautelosos, com receio de serem picados pelas vespas.

— Vamos fazer um facho com gravetos secos — disse Márcio — para espantar os bichos; depois, levamos a colmeia que deve estar cheia de mel. Por dois motivos penso que tem muito mel: primeiro, porque é enxu verdadeiro, a espécie mais meleira que existe; segundo, porque a colmeia está grande, enorme; é sinal de que está cheia. Interessante é que quando a "casa" está grande e cheia demais de mel, o enxu verdadeiro costuma abandoná-la e mudar-se para outro lugar...

Enquanto dava essas explicações, Márcio preparava o facho. Acendeu-o com o fósforo e chegou perto da colmeia.

— Eu acho que está abandonada, Márcio — disse Lino que estava atento à manobra do irmão. — Não saiu nenhum...

Márcio retirou o facho. E, examinando também a "casa" dos enxus, afirmou:

— Tem razão: está abandonada.

Bete, que ficara de longe, com medo dos marimbondos, chegou-se para onde estavam os irmãos.

Márcio, desembaraçando a colmeia dos garranchos do serrote a que estava presa, ergueu-a no ar:

— Está pesada — disse. — Temos ótima sobremesa.

Levaram-na para o Netuno. Lino levou a panela com as frutinhas roxas.

Chegando ao barco, Márcio pôs a colmeia sobre a lona e abriu-a com cuidado. Era formada de inúmeras capas em forma de esferas concêntricas, todas pejadas de mel. Experimentaram logo, saboreando uma daquelas esferas partida em pedaços. E puderam sentir quão delicioso é o mel de enxu verdadeiro.

— Não pensei que fosse tão gostoso! — exclamou Lino.

— É delicioso demais! — exclamou Bete. E acrescentou:

— Eu me admiro é de ver como você sabe tanta coisa, Márcio!

O irmão mais velho sorriu. E explicou:

— Eu tenho andado muito com meu pai, de quem adquiri muita experiência; convivo com os pescadores e marinheiros de quem tomo boas lições; e ainda, os livros me transmitem muitos conhecimentos. Somando tudo isso, vale alguma coisa, não?

— Tem razão, Márcio — comentou Lino. Se não tivéssemos você ao nosso lado, não sei o que seria de nós...

— Deixemos esses comentários — falou Márcio — e vamos agir. O tempo está fugindo. Vamos pescar peixe de rio, que é mais gostoso, e dormir aqui mesmo. Amanhã partiremos com boa provisão de alimentos. Vocês concordam?

— Naturalmente — respondeu Bete.

— Todos estamos cansados... — acrescentou Lino.

Amarraram bem firme o Netuno, mas não armaram a barraca.

— É bom dormirmos dentro do barco — opinou Márcio.

— Em terra é perigoso, pode aparecer cobra ou raposa azeda e nos prejudicar.

Fizeram fogo. E os dois meninos lançaram na água os anzóis, com isca cavada na terra. Pegaram peixinhos pequenos — matroê, sarapó, traíra, piau, caborge — em grande quantidade. Cozinharam uma boa panelada que serviram como jantar, de mistura com ouricuri. Depois chuparam jamelão e um pouco de mel.

Apagaram o fogo. Levaram o Netuno para longe da margem e lançaram a âncora.

Prepararam-se para dormir. E, enquanto o sono não chegava, reviveram alguns episódios por que passaram, e traçaram planos para o futuro.

Adormeceram.

15
Voltando ao mar

Foi maravilhoso o despertar no rio. Era um riacho estreito, cujas margens eram cobertas de altas árvores.

Mal começou a claridade do dia a dissipar as trevas da noite, rompeu a orquestra da natureza a executar a sinfonia da alvorada, a extraordinária sinfonia a que o sertanejo assiste todos os dias, o belo canto da criação em louvor ao seu Criador.

Os meninos acordaram encantados. Sorriram uns para os outros, extasiados ante a beleza daquelas melodias que não há instrumento capaz de imitar.

Nas copas das árvores os sabiás, os pássaros-pretos, salmodiavam em ritmo impecável os volteios harmoniosos do seu canto inimitável. Nos galhos mais baixos, próximos à água do rio, as juritis gemiam dolentemente. Na campina, em uma e outra margem, as nambus trinavam com tal frequência que parecia que ao pé de cada moita do mato havia uma.

Duas seriemas, longe uma da outra, despertavam toda a campina com seus cantos repetidos e estridentes, capazes de serem ouvidos a muitas centenas de metros. No alto de um cedro gigante, uma araponga martelava como o ferreiro na bigorna. Ouvia-se, ainda, mais longe, o choro da asa-branca em repetidos soluços de saudade. Eis a orquestra maravilhosa da natureza, na execução do hino mais belo que o nordestino já ouviu.

Os três irmãos, deitados, escutavam a orquestra da alvorada. Foi Bete quem rompeu o silêncio:

— Que beleza! Nunca vi coisa igual!

— Nem eu podia imaginar — ajuntou Lino.

— É uma maravilha, realmente! — disse Márcio. — Mas eu tiro uma conclusão: tantas aves e esta natureza virgem me fazem pensar que estamos muito longe de cidade.

— Nosso plano está traçado, Márcio — falou Lino. — Vamos subir mais o rio para ver se encontramos alguma coisa que nos atraia. Não foi o que combinamos?

— Foi — respondeu Márcio. — Enquanto aguardamos o vento para nos levar, vamos pescar mais aqui mesmo. Vamos para terra.

Enquanto pescavam, Bete continuou o diário. E, em relação ao amanhecer daquele dia, escreveu: "Foi o mais belo concerto que os meus ouvidos já ouviram: a orquestra da natureza tocando a alvorada. Não há nada que se iguale àquela sinfonia!"

Pescaram uma porção de peixinhos que Bete cozinhou. Comeram ouricuris, chuparam jamelão e mel, beberam água boa e dispuseram-se a partir.

A brisa que soprava fraca a princípio, tornou-se vento forte e imprimiu velocidade ao Netuno.

Navegaram algumas horas em silêncio. Márcio falou:

— Meus irmãos, eu acho que nós estamos perdendo tempo. Isto não é um rio; é um riacho. Ninguém mora em beira de riacho... vamos voltar?

Lino, que ia no leme, não respondeu com palavras; encostou na margem, para facilitar a manobra, virou o leme e deu volta ao Netuno. Márcio puxou a amura para mudar de lado a vela e começaram a descer o rio.

Nesse momento ouviram zoada de avião. Todos olharam para o céu e viram cruzar o rio, no alto, da direita para a esquerda, um avião grande.

— Seguiu a nossa rota — disse Lino.

— Realmente, quando sairmos no mar, seguiremos naquela direção.

— Eu creio que hoje teremos novidade — disse Bete.

O escaler, impelido por forte vento e ajudado pela correnteza favorável do rio, descia rapidamente. Em pouco tempo os meninos passavam pelo lugar onde estiveram acampados. Pararam aí uns minutos, abasteceram-se de água, no garrafão e nas panelas, e zarparam animados. Em poucas horas avistaram o oceano.

— Siga encostado pela margem esquerda, Lino — orientou Márcio —, que logo dobraremos e retomaremos o nosso rumo para o norte.

O menino obedeceu.

Em breve saíram no oceano e prosseguiram acompanhando a praia.

— Saímos daqui ontem e hoje voltamos ao mesmo ponto... — lastimou Bete.

— Mas não foi inútil nossa viagem, Bete — falou Márcio. — Ontem morríamos de sede; hoje temos água, ouricuri e mel... Foi proveitosa nossa entrada no rio.

— Sob esse aspecto, foi; mas nos atrasamos muito...

— Hoje recobraremos — afirmou Lino. — Estou disposto a viajar o dia todo sem parar...

— Vamos ver — concluiu Márcio.

Outro avião roncou nos ares e passou por cima dos pequenos náufragos, rumo ao norte.

— Para onde irão esses aviões, Márcio? — perguntou Bete.

— Com sinceridade eu não sei. Para falar a verdade, não sei onde nós estamos. Desconheço o lugar; não me lembro de ter visto no mapa esse rio donde saímos. Talvez seja um riacho sem importância. Não sei nem em que Estado nós estamos. De uma coisa só estou certo: nós vamos viajando em direção ao lugar donde saímos, que fica no norte. Outro pensamento confortador agora me ocorre: não estamos longe da civilização; pelo menos já vimos indícios dela — os aviões que vimos passar.

— Lino — falou Bete com coragem —, toque o Netuno que, se Deus quiser, chegaremos em casa breve.

O vento soprava generoso, e o escaler "voava", ainda que sacudido pelas ondas.

Era vontade dos três aproveitar o tempo, navegando o mais possível. Não pararam nem para comer: comiam no barco mesmo — ouricuri, jamelão e mel de enxu. Deixaram os peixes para o jantar, pois só tinham ideia de parar para dormir.

O Sol, das dez horas aproximadamente até as três da tarde, queimava como fogo. Os meninos molhavam-se com água do mar e bebiam água potável que agora tinham em abundância.

As horas se escoaram.

Já era tardezinha quando avistaram um morro próximo à praia. Márcio propôs:

— Vamos parar aqui e acampar no alto daquele morro?

— É uma boa ideia — concordou Lino.

— Também acho — disse Bete.

Lino, que viera no leme o dia todo, encostou o Netuno e, levantando-se e estirando os membros, exclamou:

— Já era tempo. Cheguei a cansar...

Saltaram em terra cautelosamente, com medo de areia movediça.

— Vamos levar para cima só o indispensável — propôs Márcio —, a lona, cobertores, o jantar e a água; o mais fica no barco, bem amarrado para o mar não levar. Levamos também facão, faca e fósforos.

Dirigiram os passos para o morro.

16
Do alto do morro

Não ficava tão longe da praia o morro, como lhes parecera de início; talvez a uns cem ou cento e cinquenta metros de distância.

O terreno arenoso onde pisavam, em direção ao morro, era coberto de vegetação quase rasteira...

— Guajeru! — gritou Lino. — Guajeru!

E foi logo arriando no chão as coisas que trazia e começou a colher as frutinhas vermelhas já conhecidas.

— E cambuís! — exclamou Bete. — Cambuís em quantidade!

Os três se ocuparam em colher frutas. Diversos pés de cambuís estavam carregados de frutinhas maduras que os meninos foram logo saboreando.

— Ah! se víssemos aqui outro camaleão! — exclamou Lino, lembrando do petisco.

— Com ovas! — gracejou Bete.

— Vocês querem demais — chamou-os Márcio à realidade. — Também não é assim... Amanhã, quando passarmos por aqui, apanharemos frutas para levar; hoje só o necessário para matar a fome. Há aqui outra frutinha que vocês ainda não viram...

— Onde? — perguntou Bete.

— Ali — apontou Márcio.

— E se come? — indagou Lino.

— Come-se e é boa. Experimentem.

— Parece jamelão... — disse Bete, comendo uma.

— É azeitona-do-campo. Gostosa, não?

— É gostosa, Márcio. É boa.

Comeram umas tantas, e Márcio os convidou:

— Vamos subir o morro enquanto é dia.

Apanharam do chão as coisas que tinham deposto e dirigiram-se para a colina.

Não era um morro alto. Mas, para quem estava no mar, quase ao nível da água, aquele se afigurava um monte elevado, quando era uma simples colina.

Subiam com facilidade, pois a rampa não era íngreme. O Sol para eles se escondera.

Quando assomaram ao cume da elevação, viram que o Sol ainda não se tinha posto. Ainda brilhava, iluminando com raios frios o morro e o mar distante.

— Tenho ideia de que daqui veremos outros sinais de civilização — disse Márcio.

— Quais? — quis saber Lino.

— Navios. — respondeu o irmão. — Daqui vemos o mar em grande extensão e distância. É possível que a vista alcance a rota dos navios.

— Acredito — concordou o outro. — Olhem o que a vista abrange...

Os três ficaram algum tempo a perscrutar o horizonte de águas tranquilas, para o lado do nascente.

— Vamos aproveitar a claridade que ainda temos, e "arrumar a casa" — disse Bete, de bom humor.

Márcio tratou de armar a barraca. Antes, porém, chamou os irmãos, um pouco para o lado oposto ao mar; ficando de pé, aconselhou os irmãos:

— Fiquem assim, como eu estou.

Os dois postaram-se ao lado dele.

— Engraçado... o vento joga areia nas pernas da gente... — disse Bete.

— Com isso o morro vai caminhando e se mudando cada vez para mais longe do mar — explicou Márcio. — Reparem como a areia vai cobrindo os matos do lado oposto...

Os meninos olharam. Ele completou a explicação:

85

— É o fenômeno das dunas. Nós estamos em cima de uma delas. Mas vamos cuidar da vida.

— Eu vou buscar lenha para o fogo e procurar umas pedras para a trempe — disse Lino.

— A barraca, aqui, deve ser armada de lado para o mar, senão acordaremos cheios de areia — explicou Márcio. — E o fogo do lado de cá, Bete; o vento aqui em cima é muito forte.

Jantaram já escurecendo.

Após a refeição, andaram um pouco por cima da colina, procurando avistar, na escuridão da noite, alguma luz que denunciasse presença de gente. Nada.

As trevas se adensaram, e no céu começaram a piscar as primeiras estrelas.

O tempo prometia uma noite límpida, tranquila, sem uma nuvem que prenunciasse chuva.

Todos olhavam o céu quando Bete observou uma luzinha como estrela, mas que se deslocava, por cima do mar, da direita para a esquerda...

— É um avião — disse Lino.

Daí a pouco ouviram o barulho, roncando no espaço. Embaixo o negror tétrico do oceano com seu abismo insondável e seus perigos aterrorizantes. Era uma visão a que os meninos tinham horror, pois lhes lembrava momentos angustiantes que viveram.

— Vamos dormir cedo, que amanhã teremos outro dia de viagem sem parar — falou Lino.

— E meu coração me diz que amanhã será um grande dia — comentou Bete.

— Deus queira! — pediu Márcio.

Os dois menores entraram na barraca e trataram de deitar-se. Márcio ficou ainda fora, olhando a escuridão do mar. Sentado, começou a rememorar os episódios pelos quais tinham passado e a lamentar a perda da escuna. Saltearam-no outros pensamentos, como a interrogação que todos guardavam no íntimo sobre o pai e os outros companheiros da escuna. Mas, procurando confortar-se a si mesmo, argumentou que certamente eles se salvaram: "Todos sabem nadar... e o escaler deles deve ter sido lançado em direção à praia. E Pirata, com aquela perna de pau?" — perguntou-se a si mesmo. "Não, meu pai não o deixaria afogar-se; ele também está salvo, certamente."

Um navio todo iluminado apontou no horizonte, vindo da direita. "Eu não disse?" — cochichou Márcio para si mesmo... "Ali vai gente... vai a civilização... e não imagina a penúria em que nós estamos..."

Acompanhando o navio que seguia justamente pela linha do horizonte líquido, Márcio encheu os olhos de lágrimas. "Como seria bom se nós estivéssemos viajando naquele navio!" Levantou-se donde estava e foi ver os irmãos. Dormiam.

Outros pensamentos vieram à mente de Márcio: "Se eu não estivesse com eles... não se salvariam, por certo. Conhecem muito pouco do mar, dos campos, da vida... A sorte é que eu estou aqui e aprendi muito com meu pai e meus amigos; e ainda a leitura de livros me deu muitos conhecimentos úteis para uma situação de dificuldade como a que agora vivemos".

Voltou ao lugar onde estivera sentado; o navio já passava confrontando com a barraca. Sentou-se novamente, a olhar o navio, e outra vez se abismou em seus pensamentos.

O navio, dentro de uma hora, mais ou menos, desapareceu para a esquerda. A luz fraca das estrelas deixava no mar e em terra aquela penumbra que não define contornos. Com o desaparecimento do navio, o silêncio parecia ter aumentado. O vento cessou de soprar. E a solidão ficou ainda mais triste. Acabrunhado, o rapazinho se recolheu também à barraca para dormir.

17
Sinal

Acordam ouvindo os gritos de aves aquáticas marinhas. Gaivotas, martins-pescadores, albatrozes sobrevoam a duna, entram pelo mar adentro, contentes, vivendo no seu elemento.

Despertos ainda antes do Sol raiar, os pequenos náufragos desarmam a barraca e descem do morro levando tudo para o barco. Voltam depois para colher as frutas silvestres que aí existem em abundância.

Retomam o barco e começam a viajar.

O Sol vem saindo.

Lino, no timão do leme, está com disposição de só deixar o seu posto quando o dia acabar.

Márcio admira essa disposição do irmão e anima-o dizendo que estão próximos da vitória:

— Creio que daqui para amanhã teremos uma decisão. Navios e aviões que passam seguem a mesma direção em que nós vamos. Além disso, esta costa marítima que vamos acompanhando é cheia de cidades e lugarejos; será que ainda estamos longe de chegar a um povoado?

— Desde ontem — falou Bete — que eu penso que nós estamos perto da vitória.

Os tripulantes do Netuno quebram o jejum comendo o resto dos peixes do dia anterior, ouricuri, frutas silvestres. Depois chupam um pouco de mel de enxu e bebem água.

O Netuno, aproveitando o vento que soprava com força, vencia o espaço cortando o mar em busca do norte.

O tempo corria célere e o Sol esquentava de queimar.

Os meninos, com medo de uma insolação, refrescavam-se molhando o corpo com água do mar.

Um avião corta os ares por cima das cabeças dos viajantes, deixando-os tristes. Acompanharam-no com a vista e perceberam que, quando ia longe e baixinho, pendeu para a esquerda, para o lado da terra e desapareceu...

— Será que fez aquela curva para pousar? — perguntou Lino.

— Também tive a mesma impressão — acrescentou Bete.

— Mesmo que tenha sido para pousar, daqui lá é muito longe, e não dá para chegarmos hoje — afirmou Márcio.

— Já é quase meio-dia... — disse Lino olhando o Sol.

— Ontem à noite, enquanto vocês dormiam — disse Márcio —, eu fiquei acordado muito tempo e vi passar um navio enorme, todo iluminado... Como desejei estar com vocês dentro dele! Acompanhei-o com a vista até desaparecer... Só então fui dormir.

Durante todo o tempo em que viajaram, houve sempre aves marinhas à vista dos meninos. Pareciam as mesmas, que acompanhavam o Netuno. E eles teriam pensado assim se não vissem, para a frente e para trás, a imensa nuvem de pássaros que sobrevoavam praticamente toda a costa.

O Sol ia baixando.

Bete, preocupada mais com os irmãos do que consigo mesma, advertiu-os:

— Nossa comida praticamente acabou. Vocês não querem pescar para comermos antes de dormir?

— É necessário — respondeu Márcio. — Mas vamos viajar mais um pouco.

— Parece que ali adiante há um outro morro... — disse Lino, fazendo pala com a mão por causa dos raios do Sol. — Não lhes parece também?

— É um morro, sim — confirmou Márcio.

— Oh! Eu tenho uma atração especial pelos morros! — exclamou Bete. — Não sei por que, mas tenho a impressão de que no cume de um morro estamos longe dos perigos e mais perto de Deus...

Os irmãos riram da ideia da menina, e Márcio acrescentou:

— Cristo também tinha predileção pelos morros; era nos morros que costumava rezar...

— É um morro, realmente — falou Lino. — E já nos aproximamos dele. Olhem lá...

— Vá encostando para terra, Lino. Vamos pescar aqui.

O Netuno abicou na praia e parou. Lino arriou a vela e Márcio, pulando em terra, fincou um pau no chão e amarrou-o fortemente. Além disso, lançou a âncora na água.

Desceram para terra o necessário para o acampamento e transportaram tudo para o cimo do morro.

— Este aqui não é duna — disse Márcio. — Reparem a natureza do solo que é diferente: lá era areia solta; aqui é barro, o vento não o carrega.

No cume do morro, um espaço limpo favorecia a armação da barraca, sem mato por perto: era um cabeço limpo.

Armaram a barraca e desceram para pescar.

— Vamos gastar os últimos camarões-isca que temos — informou Márcio. — Se ainda precisarmos pescar no mar, temos de pegar peixinhos pequenos, como a pititinga, para fazer isca.

— Quem sabe? Talvez não precisemos pescar mais...
— acrescentou Bete.

Pegaram dois robalos e dois bagres e se deram por satisfeitos. Trataram-nos ali mesmo e já subiram o morro com eles prontos para cozinhar. Bete os aprontou e jantaram.

A noite caiu.

Márcio tinha juntado uma porção de paus secos com que pretendia fazer uma fogueira, quando escurecesse.

Foi o que fez.

Quando as trevas se tornaram densas, ele aproveitou o resto de fogo que havia, removeu a trempe e atirou lenha seca em cima das brasas.

— Para que isto, Márcio? — perguntou Lino.

— É um sinal que estou fazendo. Aviões, navios e mesmo gente, podem ver de longe e saber que aqui há alguém que pede socorro...

— E se não entenderem? — perguntou Bete.

— Paciência. Não temos o que fazer... Lá vem um navio! Olhem lá... Lino, vamos desamarrar a lona da barraca, ligeiro!

O irmão atendeu e num abrir e fechar de olhos estava solta a lona.

— Agora, venha para cá — chamou Márcio. — Pegue na ponta da lona, como eu, do mesmo lado, e fique aí, que eu fico aqui; baixe a lona até o chão comigo e suspenda junto comigo, também. Baixemos outra vez e suspendamos... Já entendeu?

— Já, naturalmente: a lona, entre o fogo e o mar, ora mostra ora esconde o fogo. É um sinal, não?

— Quem está no navio pode perceber e comunicar-se pelo rádio com alguém em terra e dizer o que viu...

— Será muita sorte nossa! — exclamou Lino.

— Mas não é impossível, você não acha?

Repetiram o sinal inúmeras vezes e pararam.

Passou um avião, como sempre, para o norte.

— Também serve para avião este sinal. Mas aí é mais difícil, pois só avião de busca poderia entender — explicou Márcio.

— E quem sabe se não há avião de busca nos procurando? — perguntou Bete.

Passa outro navio e eles repetem o sinal. Repõem depois a lona como cobertura da barraca e tratam de deitar para dormir.

18
O clarão

Deitaram-se os três. Bete, como sempre, no meio, ladeada pelos irmãos. Foi a primeira a pegar no sono. Márcio e Lino continuaram acordados algum tempo. Cochichavam baixinho, para não despertar a irmã. Daí a pouco Márcio fez uma pergunta ao irmão:

— Você acha que ainda estamos longe de sair, Lino?

Não ouviu resposta. Escutou mais atentamente e, pela respiração do irmão, concluiu que ele também dormia. Procurou distrair, relaxar, mas viu as horas se escoarem e nada de dormir. Era já alta a noite. O silêncio era profundo. Não se ouvia o pio de uma ave noturna nem um barulho qualquer que denunciasse a presença de um ser vivo.

Com a maior cautela o rapazinho se levantou e saiu da barraca. Olhou o mar: era aquela quietude tenebrosa, de que se ouvia apenas o suave marulho de pequeninas ondas quebrando na praia. Soprava uma brisa suavíssima que mal se sentia na pele e acariciava de leve os cabelos. Um pouco ao lado direito, o Cruzeiro do Sul, solto no espaço, em posição vertical, indicava meia-noite. Márcio imitou as estrelas, fazendo o sinal da cruz, e se concentrou uns momentos. Depois, perscrutou o horizonte líquido até onde a vista alcançava. Nenhum navio no mar.

A escuridão era densa. No céu poucas estrelas, porque a maioria estava encoberta por nuvens.

Desviando o olhar do céu e do mar, Márcio dirigiu-o para terra, olhando o lado sul donde vieram até ali e meditou: "Devemos ter andado já muitos quilômetros ... centenas, talvez. Por que não se chega a um povoado, a uma casa sequer?

Será possível?! Este Brasil é uma imensidão de terra! Em outro lugar qualquer do globo, já teríamos chegado a uma cidade. Aqui não." E foi desviando a vista para o norte. No mar apontou um navio. Márcio lembrou-se do sinal que fizera com o irmão, no começo da noite. Instintivamente olhou para o lugar onde haviam feito a fogueira. Agora extinta, talvez nem brasas houvesse mais, pois a madeira era fina e, queimando, logo se desfazia em cinzas. Também não queria mais fazer sinal.

Acompanhou o navio com a vista. Era, talvez, um navio de passageiros, pois era alto, ia todo iluminado, com duas fileiras de luzes superpostas. Sumiu no extremo do horizonte, à esquerda.

Inconscientemente o rapaz voltou o olhar para terra, na direção norte, e teve um sobressalto. Seria verdade ou estaria enganado? Esfregou os olhos com a mão, arregalou-os e fixou-os longe... "Não! não pode ser engano! É verdade!" pensou e disse baixinho, falando consigo mesmo. E, sem querer, sorriu sozinho, um sorriso de felicidade.

Márcio avistou um clarão do lado do norte. Um clarão que não era concentrado em um ponto, mas espalhado numa grande extensão. "É uma cidade! Só pode ser! Aquilo é luz elétrica!..." foram as exclamações que lhe brotaram do peito espontaneamente. "Graças a Deus!" E veio a dúvida: "Chamo meus irmãos para ver?"

Foi à barraca. Os dois estavam tão cansados e dormiam tão tranquilos que ele não quis acordá-los. Voltou para fora a olhar mais uma vez o clarão e examiná-lo detidamente. E se convenceu: "É uma cidade, não tenho mais dúvida! E não posso guardar só para mim esta alegria; vou chamar meus irmãos."

Entrou na barraca e tocou de leve no braço de Lino, chamando-o baixinho:

— Lino! Lino!

— Que é? — respondeu o menino cochichando.

— Venha ver uma coisa...

O menino levantou-se.

— Olhe! — apontou Márcio.

— É luz elétrica, Márcio. Aquilo é uma cidade.

— Eu também penso que é, Lino.

— É uma cidade! Estamos salvos, Márcio! — exclamou Lino abraçando-se ao irmão.

Os olhos de ambos se encheram de lágrimas.

— Vamos chamar Bete, para participar de nossa alegria — convidou Márcio.

— Não é preciso — disse a menina chegando. — Que é?

— Olhe aquele clarão, Bete — falou Lino.

— É um incêndio ou são luzes de uma cidade — disse a menina.

— Nós cremos na segunda hipótese — afirmou Márcio.

— Eu também — confirmou Bete. — Estamos salvos, graças a Deus. — E se abraçou aos irmãos.

Ficaram os três olhando ainda algum tempo aquele clarão. Depois Márcio convidou os outros:

— Vamos deitar que eu ainda não tirei um cochilo até agora.

— Você não deitou conosco? — perguntou Bete.

— Deitei, mas não pude dormir e me levantei.

Entraram sob a cobertura de lona e deitaram-se. O friozinho da madrugada os ajudou a relaxar. Dormiram os três em pouco tempo, de espírito tranquilo.

19
Prisioneiros

Despertaram com o calor do Sol.

A satisfação com que se deitaram, já madrugada, fê-los dormir mais do que queriam, pois a vontade era de zarpar cedo e logo chegar à cidade cujas luzes viram à noite.

Surpresa desagradável, porém, os esperava, e eles nem podiam imaginar.

Despreocupadamente desarmaram a barraca, juntaram as coisas e desceram a encosta do morro. Só então olharam o mar e a um tempo exclamaram os três desapontados:

— Ô! quede o Netuno?

— O mar teria levado? — perguntou Bete.

— Não é possível! — respondeu Márcio. — Eu o deixei bem amarrado, lançada a âncora... Não!...

Chegaram à beira-mar. E Márcio observou o chão.

— Rastros de gente no chão, olhem aí. Fomos roubados! Levaram o Netuno!

Os três olharam e examinaram detidamente as pegadas, de gente descalça, na areia da praia.

Quando levantaram os olhos se apavoraram e ficaram petrificados os três, de pé como estavam, semelhantes a estátuas. Uma multidão de índios os cercava.

Os irmãos se entreolharam, lívidos de medo, e Bete começou a chorar. Ninguém falava, nem eles nem os índios, que eram numerosos — trinta ou quarenta à primeira vista.

Um índio avançou para Márcio e tomou-lhe o facão. Outro tomou a faca de Lino. Um terceiro, com ares de chefe, perguntou:

— Qui tão fazendo aqui?

— Nós somos náufragos — respondeu Márcio.

Os três irmãos se admiraram de que aqueles índios falassem português. Admiraram-se também de vê-los como civilizados, com roupas de tecido... Estes dois fatos os animaram, pois deviam ser dos que têm comércio com os brancos.

— Vocês tão mentindo — protestou o índio. — Qui é que vocês querim na terra de índio?

— Nós não estamos mentindo — contestou Márcio. — Nós estamos viajando há muitos dias em direção ao norte, para Salvador. A escuna em que viajávamos foi a pique e nós três, irmãos, nos salvamos naquele barquinho.

— O barquinho nós carregô. E agora vocês vão mais nós falá com o chefe. Cacique é quem vai decidi.

— Quem são vocês? — aventurou-se Bete a fazer uma pergunta.

O índio olhou-a fixamente e respondeu:

— Pataxó. Esta terra é de índios Pataxó e quarqué branco qui pisa aqui é inimigo.

— Mas nós estamos apenas de passagem; não queremos nada da terra de vocês — disse Lino.

— Cacique é quem resorve. Vamos imbora.

O índio chefe do grupo dispôs uns tantos que iam na frente, pôs os três náufragos no meio, e outros tantos atrás.

Assim eles iam completamente cercados, sem a mínima possibilidade de uma fuga.

Dos lados dos meninos iam dois índios, um à direita, outro à esquerda. Assim eles iam completamente cercados, sem a mínima possibilidade de uma fuga. Nem eles pensavam em fugir, nem haveria como.

E a marcha começou por dentro do mato, onde apenas uma trilha os guiava.

Deixaram a lona e tudo o mais na praia, onde a água do mar não chegava. Marcharam todos em silêncio. Os meninos, quando podiam, trocavam algumas palavras, disfarçadamente, para não serem ouvidos pelos índios. Estes vigiavam em silêncio absoluto.

Foi Márcio quem primeiro falou, aos cochichos:

— Não tenham medo, os Pataxós são amigos dos brancos.

— E por que nos prenderam? — perguntou Lino.

— Eles têm medo que os brancos tomem suas terras. É só.

— E por que falam português? — perguntou Bete.

— Os Pataxós são semicivilizados; frequentam as cidades dos brancos, comerciam com eles e por isso falam português. Não tenham receio de nada. Tudo sairá bem, e nós recobraremos o Netuno.

— Até ontem — lamentou Bete —, nós sentíamos falta de tudo, mas tínhamos liberdade... Hoje não temos nem liberdade... Vamos aqui presos como criminosos... — E começou a chorar em silêncio.

— Não chore... — aconselhou Márcio.

A menina prendeu o choro e sufocou-o na garganta.

As horas se passaram e também os brancos silenciaram.

O índio chefe avançou sozinho, quase correndo, para chegar à aldeia antes do grupo. Certamente fora contar ao cacique o aprisionamento que fizera, antes que o grupo chegasse.

Chegaram à aldeia, o Sol quase a pino. Era um amontoado de palhoças à margem de um riacho, cercada de roças de mandioca por todos os lados.

Entraram por entre as palhoças e foram conduzidos a uma delas, maior e mais espaçosa que as outras. Na frente desta, uns varais sustentavam postas de carne-seca, penduradas ao sol.

"Certamente esta é a casa do cacique", pensaram os meninos. E ficaram todos com água na boca de vontade de comer um pedaço de carne que há tanto tempo não viam...

Os índios levaram os três até a frente da palhoça grande, e, cercando-os pelos lados e por trás, deixaram-nos bem à vista do cacique. Este apareceu à porta acompanhado pelo que viera antes e olhou-os com cenho carregado e rosto carrancudo. Os meninos tiveram medo, mas contiveram-se.

— Qui é qui vocês anda procurando em terra de Pataxó? — perguntou-lhes o cacique.

— Nós somos náufragos, e procuramos encontrar pessoas amigas que nos ajudem — respondeu Márcio.

O cacique olhou-os pensativo. Depois falou:

— Índios Pataxó vai ajudá vocês.

Dizendo isto, o cacique fez um sinal aos índios que guardavam os prisioneiros e todos se afastaram, deixando livres os meninos.

— Vocês não são mais prisioneiro, vocês agora são hóspedes dos Pataxó — disse o cacique. — Tô vendo qui vocês são três crianças qui não pode sê inimigo. Casa de cacique é casa de vocês. Pode entrá...

O cacique, como superior da tribo, tinha força e poder de decisão, de vida ou morte, sobre os inimigos. Mas também, homem mais vivido e mais experiente, logo compreendeu que na pouca idade daqueles três meninos não podiam ocultar-se inimigos de sua tribo. E mais: vendo a penúria em que se encontravam os irmãos náufragos, logo entendeu de ajudá-los.

Os meninos não esperaram o cacique repetir o convite. Passaram o umbral da palhoça e entraram. Troncos de madeira, no chão, serviam de mobília. Havia uma rede armada. O índio armou mais duas e convidou os hóspedes a ocupá-las.

Uma indiazinha, menina como Bete, aproximou-se dela, tomou-a pela mão e levou-a até a rede.

— Esta é a minha rede — disse. — Você é minha hóspede...

— Obrigada! — disse Bete, sorrindo, e beijou a indiazinha na testa.

Os dois meninos já ocupavam as outras duas redes.

Não demorou muito, foi servido o almoço. Os hóspedes almoçaram com a família do cacique: pai, mãe, a indiazinha e um irmão, adolescente.

A comida rústica lhes pareceu um banquete de festa: carne assada com beiju de mandioca. Comeram para matar a fome de muitos dias.

Durante o almoço e, depois, em conversa com a família, os hóspedes ficaram sabendo que os índios, ali, estavam em missão de caçada e colheita de mandioca. Nessas ocasiões eles vivem a sua vida primitiva, de verdadeiros selvagens. Daí que a mistura da carne, na refeição, é beiju de mandioca. Quando eles estão na cidade, sua comida se assemelha à dos brancos: feijão, arroz, carne cozida, farinha, pão... Também as casas da cidade são semelhantes às de toda gente, com mobília, luz elétrica e tudo.

A cordialidade com que foram tratados foi bem a realização da promessa do cacique de ajudá-los.

Dormiram à tarde em suas redes, jantaram à noite um cardápio igual ao almoço e, à luz de uma fogueira acesa na frente da casa do cacique, foram, durante algumas horas, a atração para toda a tribo. Todos queriam ouvir o relato do naufrágio e das aventuras por eles vividas.

Lá pelas dez ou onze horas, segundo o cálculo de Márcio, o cacique ordenou recolher e as portas das palhoças se fecharam. Os três meninos ocuparam suas redes no compartimento principal da cabana do cacique.

Acordaram quando o Sol já brilhava no céu.

Saindo na frente da cabana, os meninos não viram ninguém além do cacique, da esposa deste e da indiazinha que os aguardavam.

— Nós viemo aqui cuiê as roça — informou-lhes o cacique. — Minha gente já foi toda pro campo. Vocês querem vê?

— Venha com a gente ... — pediu a indiazinha a Bete.

Márcio, que hesitou em responder ao cacique, ouvindo o pedido feito à irmã, logo decidiu:

— Nós aceitamos o seu convite, chefe.

Antes, porém, a um chamado do cacique, comeram a primeira refeição do dia: carne com beiju, frutas e batatas-doces assadas e aipim cozido.

Após a refeição dirigiram-se para o mandiocal. Em poucos instantes chegaram, pois as roças eram plantadas em volta da aldeia.

A indiada estava espalhada pelo mandiocal. Mais de cinquenta homens arrancavam de mão os pés de mandioca, puxando-os com jeito, em repetidos solavancos, até se desprenderem da terra as raízes que subiam presas à cepa, como um leque. As mulheres quebravam das cepas as raízes e iam juntando-as em rumas aqui e ali.

— Amanhã — explicou o cacique —, nós leva a mandioca pra fazê farinha...

— Amanhã nós queremos ir embora, chefe — disse Márcio.

— Oh! por que não fica mais tempo aqui? Descansa mais... não é mió?

— Nós lhe somos muito agradecidos pela hospedagem que nos deu, mas nossos pais estão sofrendo nossa ausência, pensando até que nós morremos afogados.

— Eu quiria ajudá mais a vocês, mas aqui índios não têm recurso...

— Já nos ajudaram muito dando-nos boa comida e dormida tranquila. Agradecemos por tudo.

— Não tem o qui agradecê. Cacique gosta muito de fazê amizade. Vocês é amigo de cacique.

Enquanto este diálogo se passava entre Márcio e o chefe da tribo, outro acontecia bem perto, entre Bete e a indiazinha. Bete foi quem começou:

— Como é o seu nome? — perguntou à menina pataxó.

— Meu nome é da sua língua — respondeu a indiazinha.

— Eu me chamo Aurora. Meu pai e minha mãe têm nome de língua de índio: ele se chama Acanguera e ela, Amandy.

— Que é que querem dizer esses nomes na língua dos índios? — quis saber Bete.

— Acanguera é gavião; Amandy é água da chuva...

— Bonitos os nomes de seus pais: o gavião é ave valente e vigilante; água da chuva é a bênção de Deus sobre os campos... E seu irmão, como se chama?

— Meu irmão tem nome de sua língua: é João. E você?

— Eu me chamo Elizabete; mas todos me chamam Bete...

— É lindo seu nome... Bete...

— O seu também. Aurora... é a luz da manhã...

O tempo corria. E o mandiocal era arrancado todo.

O cacique Acanguera e a indiazinha Aurora passavam as horas a conversar com seus hóspedes. Ao meio-dia voltaram para a aldeia onde Amandy os aguardava com um almoço diferente: um saboroso pirão de carne-seca.

Os meninos almoçaram bem. O cacique pediu:

— Durmam aqui mais esta noite e amanhã índios Pataxó leva vocês de vorta pro mar.

— Nós vamos ficar, chefe Acanguera — respondeu Márcio. — E jamais esqueceremos o seu nome e o seu povo. Índios Pataxós — gente boa, gente amiga; chefe Acanguera — grande chefe, grande amigo nosso.

À tarde os meninos descansaram.

À noite, à luz da fogueira, repetiu-se a cena da noite anterior: os náufragos, alvo da atenção de todos, continuaram a narração de suas aventuras.

20
Encontro com a civilização

Acanguera chamou os hóspedes antes do romper da aurora. Ciente do propósito deles de chegar à cidade naquele mesmo dia, acordou-os cedo para que, quando o Sol saísse, já eles estivessem perto do mar.

Toda a tribo acordou.

Quando os meninos saíram na frente da cabana, viram diversas fogueiras que ardiam iluminando toda a parte interna da aldeia.

Aurora e Bete logo se encontraram e ficaram juntas conversando. João, irmão de Aurora, conversava com Lino. E Márcio trocava palavras com o cacique, cuja esposa estava ocupada no interior da cabana.

Quando Amandy apareceu na porta, o cacique deu uma ordem a um índio que lhe estava perto e, em poucos instantes, toda a tribo aí estava reunida. Ele falou à tribo:

— Nossos hóspedes viaja hoje. Deus os trouxe, Deus leve eles de volta pra sua terra e pra sua gente. Pataxó queria qui eles ficasse aqui mais tempo, mas os pai deles tão avexado pensando até qui eles morrero. Nós ajudemo eles no qui foi pussive. Agora índios Pataxó qué qui eles faça boa viage.

E deu ordem aos índios:

— Agora Pataxó se despede dos hóspede.

Os índios falaram com os meninos.

— Pitanguá — ordenou o cacique —, chame dez guerrero pra acompanhá os minino.

— Como é o nome do índio que seu pai chamou? — perguntou Bete.

— Pitanguá — respondeu Aurora.

— Que quer dizer Pitanguá?

— Bem-te-vi — respondeu a indiazinha. — É um índio ativo, que está sempre atento a tudo que se passa. Meu pai confia muito nele.

Os meninos reconheceram Pitanguá: foi o chefe do grupo de índios que os prenderam dois dias antes na praia de suas terras.

Formada a escolta dos dez índios, os meninos se despediram de Amandy, a boa esposa do cacique. Acanguera e os filhos, Aurora e João, os acompanhariam até o mar.

A volta foi mais rápida que a ida à aldeia. Em algumas horas de marcha estavam na praia. Aí encontraram os meninos os seus pertences. Os índios trouxeram do mato, onde o tinham escondido, o Netuno, com tudo o que havia nele. Foram-lhes devolvidos também o facão e a faca.

Os Pataxós puseram o barco dentro do mar e o amarraram do mesmo modo como o encontraram.

E se formou na praia o grupo dos catorze índios em torno dos três náufragos. Em pouco tempo de convívio aqueles índios se afeiçoaram aos meninos, e os meninos a eles. Reunidos agora ali na beira-mar, uns e outros sentiam a tristeza da separação, imaginavam a ausência que fariam uns aos outros no futuro.

Acanguera falou:

— Índio gostaria de acompanhá hóspedes até sua casa; mas a ocupação de índio não permite.

— Seria uma honra para nós, grande Cacique, mas nós compreendemos seu dever de chefe — disse Márcio.

Apertaram-se as mãos e Márcio prometeu:

— Um dia virei aqui com meu pai para ele conhecer grande chefe Acanguera.

— Será um grande dia na minha vida! — exclamou Acanguera.

O cacique despediu-se dos outros dois — Lino e Bete — e dispôs-se a partir de volta para a aldeia.

Mas a atenção de todos se voltou para as duas meninas — Aurora e Bete. Abraçadas, não queriam separar-se uma da outra, e choravam ambas.

Enfim, vendo que estavam retardando a viagem, Aurora dispôs-se a deixar partir a amiga. Soltando dela os braços, tirou do pescoço um colar de conchinhas do mar e o pôs no pescoço de Bete. Esta agradeceu em pranto e riso ao mesmo tempo. E, tirando do seu dedinho delicado um lindo anel de ouro, em que estava gravada a letra B, colocou-o no dedo anular da indiazinha. E as duas, em agradecimento, mais uma vez se abraçaram comovidas.

Aurora falou:

— Mboyra vai fazer você lembrar de Aurora...

— Que é mboyra? — perguntou Bete.

A indiazinha pegou no colar, no pescoço da amiga, e respondeu:

— Colar.

— O anel vai fazer você se lembrar de mim — disse Bete, que, tomando a mão da amiga, mostrou: — Esta é a primeira letra do meu nome.

Olharam-se lacrimosas e se afastaram.

— Tudo qui tivé na ubá é de vocês — disse o cacique, apontando para o escaler.

Os Pataxós se afastaram e os meninos subiram no Netuno.

Logo que entraram no barco viram três pacotes que não faziam parte das suas coisas. Para ganhar tempo, deixaram para examiná-los depois.

Içaram a vela e retomaram o caminho marítimo para o norte, agora mais do que nunca convencidos da vitória bem próxima.

O Sol vinha saindo.

Márcio ia no timão do leme; Lino e Bete, sentados defronte, observavam tudo o que se passava em volta.

— Bete — lembrou Márcio —, abra esses pacotes e veja o que eles contêm.

A menina abriu o primeiro.

— É um saquinho de farinha — disse.

Abriu o segundo:

— Carne-seca! Certamente daquela que vimos no varal na frente da cabana do cacique.

E abrindo o terceiro exclamou:

— Beijus e batatas assadas, e um pedaço de carne assada!...

— Somos muito gratos àqueles índios — disse Márcio.

— Além da hospedagem que nos deram, ainda nos forneceram comida para a viagem. Como foi bom termos sido descobertos por eles!

— E nós no começo pensamos ter caído em mãos de inimigos! — exclamou Lino.

— E tem mais — disse Bete —, o garrafão está cheio de água.

— Vamos fazer a nossa primeira refeição? — convidou Lino.

— Já está pronta — acrescentou Márcio. — Batatas assadas e beiju com carne assada...

Bete serviu a primeira refeição do dia. Os meninos comeram com muita disposição. Depois todos beberam água.

O Netuno voara, impulsionado pela brisa que soprava generosamente.

Mais algum tempo, e Bete foi para o leme.

O Sol pendia já um pouco quando, a um convite de Márcio, Bete dirigiu o Netuno para a praia; arrastou na areia e parou.

— Vamos fazer, talvez, nossa última refeição — disse Márcio.

— Eu também creio que antes da noite estaremos na cidade — acrescentou Lino.

Saltaram em terra levando apenas o pacote de carne de sol, e farinha. Em poucos instantes fizeram um fogo e assaram carne.

— Há quanto tempo não víamos carne nem farinha! — exclamou Bete.

103

Comeram bem. Voltando ao Netuno, beberam água, desencalharam o escaler e a viagem continuou.

Os três irmãos iam alegres. Parece que adivinhavam o que lhes ia acontecer.

Márcio retomou o leme, enquanto Lino e Bete, estirados no chão do escaler, começaram a dormir.

Quando a tarde ia a meio, o Sol indicando três ou quatro horas, Márcio, que ia atento à linha do horizonte líquido, acordou os irmãos de susto com seu grito:

— Barcos à vista, turma! Pescadores!

Lino e Bete acordaram sobressaltados e ergueram-se:

— Que foi, Márcio?!

— Que grito foi esse?

— Olhem lá! — apontou o timoneiro. — Estamos chegando! São pescadores!...

Os irmãos olharam. Inúmeros barcos de pescadores, vindos da direita, buscavam a cidade. Só então os três irmãos olharam para terra. Diante deles, ainda longe, as casas formavam a linha irregular do horizonte.

— Casas! Uma cidade! — gritaram os três.

— Que cidade será esta? — foi a interrogação que se fizeram uns aos outros. E não sabiam responder.

— Esquecemos de perguntar aos índios... — lamentou Bete. — Nem eles se lembraram de nos informar.

Continuaram velejando e a cidade cresceu diante deles. Separava-a do mar aberto um longo arrecife que os barcos dos pescadores contornavam.

Márcio dirigiu o Netuno para onde ia um barco pesqueiro, contornando também o arrecife. Chegou quase a encostar nele.

— Amigo — perguntou ao pescador —, que cidade é esta?

— Porto Seguro — respondeu o homem.

— Puxa vida! — exclamou Lino. — Descobrimos o Brasil!

Os três deram uma gargalhada.

21
Em casa do Prefeito

Aquela gargalhada dos meninos, como uma explosão de alegria, chamou a atenção do pescador. Este perguntou:

— Donde é qui vocês vêm?

Os três se entreolharam, e Márcio falou:

— Por acaso o senhor ouviu falar numa escuna que naufragou na costa da Bahia?

— Ouvi falar, sim.

— Sabe se alguém se salvou?

— Num sei não. Vi dizê qui se perdero...

Os meninos entristeceram. Bete começou a chorar. Lino tinha os olhos rasos de lágrimas.

— Eu gostaria de falar com o Prefeito da Cidade...

— A essa hora a Prefeitura já tá fechada, moço.

Realmente já eram mais de cinco horas da tarde. Márcio insistiu:

— E eu não poderia ver o Prefeito em casa dele?

— Pode, moço. Mais eu li fiz uma pregunta e vamincê num me respondeu: donde é qui vamiceis vêm?

Márcio contou-lhe a história do naufrágio e como eles chegaram até ali.

— Mas vaminceis saíro muito longe!... Cumo foi isso?

— Fomos levados pelo mar: uma correnteza nos pegou e arrastou...

— Virge Nossa Sinhora! Só Deus pudia sarvá vaminceis!

— Nós cremos em Deus e nele confiamos.

— Eu vô levá vaminceis na casa do Prefeito. Fica na Praça da Bandeira. Vamo...

Lançaram âncoras e saltaram dos barcos.

— Podemos deixar tudo aqui, mestre...?

— Gustavo, me chamo Gustavo.

— Mestre Gustavo, ninguém virá mexer no que é nosso não?

— Não, pode deixá tudo no barco; aqui ninguém bole em nada...

Mestre Gustavo acompanhou os três náufragos até a casa do Prefeito da Cidade e lá os deixou.

— É aqui qui mora o Prefeito, o seu Antônio.

— Muito obrigado, Mestre Gustavo.

O pescador despediu-se.

Márcio bateu palmas. Apareceu um empregado.

— Queremos falar com o Sr. Prefeito — disse Márcio.

— Entrem, por favor — falou o empregado.

Conduzidos a uma sala, aguardaram em silêncio. Um homem de média estatura e pouco corpo apareceu à porta da sala. Levantaram-se os três.

O homem viu que se tratava de uns meninos, quase crianças ainda. Falou-lhes com amabilidade:

— Boa noite, meus filhos; em que posso servi-los?

Os três, sem a menor cerimônia, começaram a chorar e não tiveram palavras para responder.

O homem se aproximou; pôs as mãos sobre a cabeça de Bete e Lino, e falou:

— Sentem-se e descansem. Não sei quem vocês são nem o que querem de mim. Mas posso imaginar que no íntimo de vocês há muita tristeza. O que quer que seja, por mais grave que seja o caso, vocês estão em casa e podem contar comigo. Eu sou o Prefeito de Porto Seguro. Estejam tranquilos.

Demorou um pouco, esperando que a tensão dos meninos melhorasse e, puxando uma cadeira para perto deles, sentou-se e continuou:

— Donde vocês vêm?

— Do alto-mar — respondeu Márcio, soluçando.

— Como assim? Os três sozinhos?

Os meninos, começando a conversar, melhoraram a tensão e falaram, uns ajudando os outros, contando a longa história, desde o naufrágio até aquele momento.

O Prefeito quase não acreditava. Parecia-lhe estar ouvindo uma narrativa fantástica, como aquelas produzidas pelos clássicos gregos. Mas, como também tinha ouvido falar naquele naufrágio, aceitou estar diante dos náufragos da escuna desaparecida.

— Talvez vocês não saibam, mas estão distantes de sua casa mais de setecentos quilômetros. Mas não se preocupem. Aqui vocês estão em casa e daqui só sairão diretamente para a casa de seus pais, aonde os levará uma caminhonete da Prefeitura de Porto Seguro.

Chamou a esposa, dona Ana, a quem apresentou os meninos:

— São nossos hóspedes por esta noite.

— Oh! Meus filhos! Devem estar cansados... venham para cá... — acudiu dona Ana.

O Prefeito, confiando os meninos à esposa, saiu. A mulher os levou para dentro e indicou-lhes dois quartos, onde eles dormiriam. Depois falou:

— Vou lá dentro mas volto já.

Saiu. E eles sentaram-se e aguardaram. Quando ela voltou, trazia-lhes roupas leves que eles mudariam após o banho. Estava chorando...

Bete lhe perguntou a razão do pranto.

— Vocês, minha filha. Meu marido me contou a história de vocês...

Bete abraçou-se à mulher e ambas choraram muito tempo.

— Minha filha — disse dona Ana —, acabou-se a tristeza para vocês. Meu marido já mandou o chofer preparar a caminhonete que os levará amanhã a Salvador.

— E o Netuno? — perguntou a menina.

— Que Netuno?

— O nosso barco... temos de levá-lo conosco.

— Ouvi meu marido dizer a seus irmãos que o barquinho vai na caminhonete também...

— A senhora e seu marido são bons demais!

— Não, minha filha. Eu acho que é dever nosso ajudar o próximo. Quem é que negaria ajuda a vocês três na situação em que se encontram?

E com um sorriso dirigido aos três irmãos, acrescentou:

— Agora vocês vão tomar um banho, que depois eu venho buscá-los para o jantar. Meus filhos saíram à rua mas voltam já.

Dona Ana saiu, e os meninos foram cuidar de si.

Acabado o banho, aguardaram os três no quarto de Bete. Esta, para não perder tempo, tomou o seu Diário de Bordo e começou a pôr em dia a escrita, que estava atrasada.

Antes de concluir, chegou a esposa do Prefeito, acompanhada dos cinco filhos que haviam chegado. Apresentou-os aos hóspedes. Foi grande a alegria dos pequenos náufragos ao encontrar companheiros da mesma idade. Abraçaram-nos, e dona Ana convidou-os a todos:

— Meus filhos, vamos jantar.

E saiu abraçada a Bete que a enlaçou também pela cintura.

— Há quanto tempo não nos sentamos à mesa para uma refeição! — exclamou Márcio.

— Cerca de dez dias! — exclamou também Lino.

— O senhor sabe se morreu alguém no naufrágio da escuna? — perguntou, angustiada, Bete ao Prefeito.

— Não sei, mas acredito que não tenha morrido ninguém, por três razões: a primeira, porque, como vocês disseram, os outros estavam também num escaler; depois, porque todos eram adultos e acostumados ao mar, e, finalmente, porque os jornais nada disseram a respeito.

Dona Ana designou um lugar para Bete junto a si, outro para Márcio, ao lado do marido, e pôs Lino entre seus filhos do outro lado da mesa.

— Sentemo-nos — disse o Sr. Antônio. — Meninos, vocês estão em casa.

Serviu-se o jantar.

As perguntas que pais e filhos faziam aos pequenos hóspedes deixaram-nos à vontade para responderem e para se servirem, integrando-os com naturalidade à família que os hospedava.

Após o jantar, os meninos, a convite do Prefeito, saíram com ele e os filhos, a darem um pequeno passeio pela Praça da Bandeira, cheia de árvores e jardins.

A conversa continuava, todos querendo ouvir a narração das peripécias que eles passaram e dos perigos que enfrentaram.

Recolheram-se às nove horas, deitando-se imediatamente. Bete ficou acordada algum tempo, completando o Diário de Bordo. Entre as coisas que escreveu registrou: "Tivemos a sorte de encontrar uma família maravilhosa que nos acolheu como filhos: o Prefeito de Porto Seguro, o Sr. Antônio, e dona Ana, sua esposa."

22
Epílogo

Os meninos dormiram um sono tranquilo, como até então ainda não tinham dormido desde o naufrágio. Se não fossem despertados, não acordariam tão cedo.

O Prefeito chamou Márcio e Lino; a esposa despertou Bete. Os três se levantaram prontamente. Os filhos do casal também despertaram.

— Márcio — falou o Prefeito —, eu quero o endereço de seus pais. Não poderei falar com eles, mas eu tenho um irmão que é professor em Salvador, como já lhes disse, e telefonarei para ele. Lá ele procurará seus pais e a caminhonete levará vocês até sua casa. Meu irmão chama-se Fernando e mora na Pituba.

Bete escreveu o endereço numa folha de seu caderninho e deixou-o com o casal.

Após um café reforçado, sentaram-se todos na sala, aguardando a caminhonete. Esta não se fez esperar.

Os náufragos viram com satisfação o Netuno amarrado em cima da carroceria da caminhonete.

Percebendo-lhes a satisfação, disse o Prefeito:

— Eu não podia deixar de dar-lhes esta alegria: vocês tinham que levar o barquinho que os salvou...

— Nós lhes somos gratos por tudo — disse Bete.

Sucederam-se os abraços de despedida.

O casal abraçou os meninos, comovido, e a senhora entregou a Bete um embrulho, dizendo:

— Para vocês merendarem no caminho...

Saíram às sete horas.

Os três irmãos iam satisfeitíssimos porque nada perderam, e o Netuno ia também com eles.

A viagem transcorreu tranquila, sem nada que a retardasse, a não ser o almoço que levou mais de uma hora.

Na estrada, a caminhonete parecia voar. E os meninos achavam boa a velocidade, porque mais rapidamente se aproximavam do fim da viagem e dos sofrimentos.

Rodando pela BR 101, os três irmãos muitas vezes olharam o mar onde tinham passado tantos perigos e donde tinham saído ilesos. Lino se arrepiava só de lembrar-se do abismo do oceano; Bete chegou a encher os olhos de lágrimas. E Márcio comentou:

— Não desejo que ninguém passe pela terrível experiência que nós vivemos nesses dias, e peço a Deus que jamais se repita conosco.

Quando o Sol baixava no horizonte, eles entravam em Salvador. Dirigiram-se para o bairro da Pituba, onde morava o Prof. Fernando, irmão do Prefeito de Porto Seguro.

Parando na frente do edifício, o motorista saltou e dirigiu-se ao apartamento do Professor.

— Onde estão os meninos? — perguntou o Prof. Fernando, a meia-voz.

— Na caminhonete — respondeu o motorista.

— Vá buscá-los — ordenou.

Os meninos desceram do carro. Bete vinha com o Diário de Bordo na mão.

Quando os três chegaram à porta do apartamento, o Professor Fernando abriu-a num movimento rápido...

Não foi preciso mandá-los entrar.

Um furacão não teria sido mais veloz nem mais impetuoso.

— Meus pais! — gritaram.

— Meus filhos! — foi a resposta.

Os três pequenos náufragos voaram para os braços dos pais, e no centro da sala se formou aquele grupo de cinco, num abraço de pranto e riso ao mesmo tempo, sem se ouvir uma palavra, mas só os estalos dos beijos que se repetiam inúmeras vezes.

À parte, estáticos e mudos de emoção, esboçando apenas um sorriso, o dono da casa, o Prof. Fernando, e os amigos Gama, André, Bruno e Pirata contemplavam o quadro.

Após algum tempo, o grupo se desfez, e os meninos abraçaram o Professor e os amigos que os cercavam. O Sr. Marcelino falou:

— A primeira notícia que tivemos de vocês, meus filhos, foi hoje pela manhã, quando o Prof. Fernando nos procurou.

— E nós — respondeu Márcio, — a primeira notícia que temos de nossos pais e amigos está sendo esta, agora...

O Sr. Marcelino contou aos filhos, resumidamente, a história dele e dos outros náufragos.

110

Não foi preciso mandá-los entrar. Um furacão não teria sido mais veloz nem mais impetuoso.

Saíram logo em terra, levados pela maré, quase sem esforço. Esperaram, na praia, que aparecesse o Netuno. Nada. Recorreram à Guarda Costeira, à Marinha, à Aeronáutica, e deram busca de helicóptero e de lancha, e nada acharam. Desanimaram, mas tinham esperança de, pelo menos, o escaler aparecer, pois não afunda; mas nem isto. A mãe quase enlouquece: teve de ser recolhida ao hospital, donde só saiu naquele dia, com a notícia da próxima chegada dos filhos.

— A escuna perdeu-se, meus filhos — disse o pai, encerrando o assunto. — Mas vocês estão salvos juntamente conosco, e a alegria voltou ao nosso lar.

— E o Netuno veio conosco, meu pai — disse Bete.

— Graças a Deus, meus filhos! — exclamou dona Rosinha, abraçando e beijando a filha, banhada em lágrimas.

— Mas como vocês se salvaram, meus filhos?

— Este caderninho lhes dirá, meu pai — disse Bete. — É o Diário de Bordo do Netuno, o rei dos mares.

— O quê? — exclamaram quase todos, interessados em ver o caderninho. E ninguém conteve a admiração e o sorriso, pela ideia da menina.

A mãe, dona Rosinha, foi quem tomou o Diário de Bordo.

Sentaram-se todos, e dona Rosinha começou a ler:

"Quando a escuna virava a proa para tomar a direção de volta para terra, todos nós tivemos a sensação de que o Netuno fora lançado aos ares e voava... Depois sentimos descer em velocidade. Levantamos um pouco a lona e olhamos. As luzes da escuna brilhavam ainda debaixo da água... E fomos arrastados por força invisível para o alto-mar em velocidade espantosa..."